이상한 나라의 앨리스

이상한 나라의 앨리스

루이스 캐럴 | 김지혜 옮김

더디

금빛 찬란한 오후에
우리는 유유히 노를 저었지.
어린 뱃사공의 손놀림이 서툴기 그지없어
이리저리 휘저은들
뱃머리는 갈 곳을 알지 못하는구나.

아, 세 아이여! 가혹하도다!
이토록 꿈결 같은 날
이처럼 몽롱한 때에
가냘픈 깃털마저 내치지 못할 만큼
숨이 찬 사람에게 이야기를 속삭여달라니.
하지만 세 아이, 한 입으로 종알대니
가엾은 내 한 목청, 무슨 수로 당해낼까.

위풍당당 맏이가
"어서 시작하세요." 하고 명령하고
애교 많은 둘째는
"재미있는 이야기로요." 하고 부탁하고
참견쟁이 막둥이는
잠시도 참지 못하고 이야기에 끼어드네.

그러다가 이내 아이들은 입을 다물고
환상 속에서 꿈꾸는 아이를 뒤쫓는구나.
광활하고도 낯선 신비의 땅으로 전진하며
새와 동물들과 벗하고 재잘대는 아이를.
과연 진짜일까, 반신반의하면서.

이야기가 바닥나고
상상의 샘도 메말라가네.
기진맥진한 이야기꾼이
"나머지는 다음 시간에 해줄게." 하고 말하니
"지금이 다음 시간이에요!" 하고
명랑하게 화답하네.

이렇게 이상한 나라의 이야기가
하나둘씩 서서히
진기한 사건들로 무장하여
한 보따리로 알차게 엮어지게 된 게지.
즐거운 뱃사공들은 저물어가는 햇살을 받으며
집으로 향한다네.

앨리스! 너의 부드러운 손으로
이 풋풋한 이야기를 받아주렴.
네 어린 추억이 깃든 곳에 함께 놓아주지 않겠니.
머나먼 곳에서 꺾어 온 꽃들로 만든
순례자의 시든 화환처럼.

차례

제1장

토끼 굴속으로

언니와 함께 언덕에 앉아 있던 앨리스는 슬슬 좀이 쑤시기 시작했다. 한두 차례 언니가 읽고 있는 책을 힐끔 엿보기는 했지만 삽화 한 장, 대화 한 줄 보이지 않았다.

'그림도 없고 대화도 없는 책을 뭐 하러 보지?'

그래서 데이지꽃을 꺾어서 목걸이를 만들어볼까 생각해 보았다. (그도 그럴 것이 날이 더워 눈이 절로 감기고 정신이 몽롱해졌기 때문이다.) 자리를 털고 일어나 꽃을 꺾으러 다니는 일이 번거롭기는 하지만 데이지꽃을 엮어 목걸이를 만드는 일도 꽤 재밌으니 말이다. 그런데 바로 그때였다. 분홍 눈의 흰 토끼 한 마리가 앨리스 옆으로 휙 스쳐 지나갔다.

딱히 놀랄 일은 아니었다.

"이런! 이런! 너무 늦겠는걸!"

토끼가 이렇게 중얼대는 소리를 들었을 때조차도 앨리스
는 대수롭지 않게 여겼다. (나중에 곰곰이 되짚어보니 이상한
일이었지만 당시에는 아주 자연스러운 것 같았다.) 하지만 토끼
가 조끼 주머니에서 시계를 꺼내 들여다본 뒤 허둥대기 시
작하자 앨리스는 벌떡 일어섰다. 토끼가 주머니 달린 조끼
를 입은 것도, 조끼 주머니에서 시계를 꺼내 들여다보는 광
경도 영 낯설었기 때문이다. 앨리스는 불타는 호기심에 들
판을 가로질러 토끼를 뒤쫓아갔다. 보아 하니 토끼는 산울
타리 아래 커다란 토끼 굴속으로 폴짝 뛰어 들어가고 있었
다. 앨리스도 질세라 토끼 굴로 뛰어들었다. 굴 밖으로 어떻
게 빠져나올 것인지에 대한 고민 따위는 뒤로한 채 말이다.

터널처럼 일직선으로 이어지던 토끼 굴이 어느 순간 밑
으로 푹 꺾어졌다. 깊은 구덩이로 갑작스레 빠져들던 터라,
앨리스는 멈춰야 한다는 생각조차 할 겨를이 없었다.

구덩이가 너무도 깊은 것인지, 아니면 앨리스가 아주 천
천히 떨어지고 있어서였는지 이유는 잘 알 수 없지만, 앨리
스는 주변을 둘러볼 여유가 있었고, 앞으로 다가올 일들에
대해 고민할 시간도 있었다. 우선 아래를 내려다보면서 저
아래에 무엇이 기다리고 있을까 살펴보려 했지만 너무 어
두워서 아무것도 보이지 않았다. 그래서 이번에는 벽면을
둘러보니 빼곡히 채워진 찬장과 책장이 눈에 들어왔다. 여
기저기 지도와 그림이 걸려 있는 것도 보였다.

앨리스는 떨어져 내려가면서 찬장에서 단지 하나를 집어 들었다. 겉에 '오렌지 마멀레이드'라는 라벨이 붙어 있었지만 아쉽게도 속은 텅 비어 있었다. 그래도 단지를 던져버리지는 않았다. 혹여나 저 아래에 있는 누군가가 맞으면 죽을지도 모른다는 생각이 들었기 때문이다. 앨리스는 떨어져 내려가면서 스쳐 지나던 어느 찬장에 가까스로 단지를 올려놓을 수 있었다.

앨리스는 속으로 생각했다.

'와! 이렇게 떨어져 봤으니 앞으로 계단에서 굴러 떨어지는 건 일도 아니겠는걸! 집에 가면 다들 날 용감하다고 하겠어! 이제는 지붕 꼭대기에서 떨어진대도 아무 말 안 할 거야!' (정말 그럴 것 같았다.)

아래로, 아래로, 아래로. 도대체 이 구덩이의 끝은 어디일까?

"지금까지 몇 킬로미터 떨어진 걸까?"

앨리스가 소리 내어 말했다.

"아마 지구 한가운데쯤 들어와 있을 거야. 6천 킬로미터는 내려왔겠네. (짐작하겠지만 앨리스는 학교에서 이런 걸 배운 적이 있다. 아무도 들어주는 이가 없으니 지금이 아는 척하기에 좋은 때는 아니었지만, 그래도 배운 것을 여러 번 말하면 공부에 도움이 될 거라고 생각했다.) 그래, 그 정도 거리쯤일 거야. 그런데 위도나 경도는 어떻게 될까?" (사실 앨리스는 위도나 경도에 대해서는 아는 바가 없었지만 어쨌든 발음하기엔 멋진 단어 같았다.)

앨리스는 다시 한번 큰소리로 중얼거렸다.

"이러다간 지구 속으로 뚫고 들어가겠어. 거꾸로 걸어 다니는 사람들 사이로 내가 불쑥 나타나면 얼마나 우스꽝스러울까! 그걸 소위 반감점*이라고 하지, 내 생각엔 말이야." (이번에는 주위에 아무도 듣는 이가 없어서 천만다행이라고 생각했다. 아무래도 틀린 말 같았기 때문이다.) 그래도 나라 이름은 물어봐야지, 안 그래? 아주머니, 여기는 뉴질랜드인가요, 호주인가요? (그러면서 앨리스는 예의 바르게 인사를 하려고 했다. 허공에서 떨어지면서 말이지! 여러분이라면 그렇게 할 수 있을까?) 그러면 날 무식한 아이라고 생각하려나? 아니야! 물어봐선 안 돼. 어딘가에 쓰여 있는지 살펴봐야겠어."

아래로, 아래로, 아래로. 달리 할 일도 없었기에 앨리스는 다시 중얼대기 시작했다.

"다이나가 오늘 밤은 내가 무척이나 보고 싶겠네. (다이나는 고양이다.) 차 마실 때 누군가 다이나에게 우유를 좀 챙겨주면 좋을 텐데. 다이나! 내 사랑! 지금 이 순간 나와 함께 있다면 정말 좋으련만! 공중에는 생쥐가 없겠지만 박쥐는

---

* '대척점(antipode)'을 잘못 말한 것이다. 원서에서는 '반감(antipathy)'으로 표현되어 있다.

잡을 수 있을지도 몰라. 박쥐는 생쥐랑 꽤 비슷하니까. 그런데 고양이가 박쥐를 먹을까?"

이쯤 되니 앨리스는 졸음이 쏟아지기 시작했다. 그래서 잠꼬대를 하듯 중얼거렸다.

"고양이가 박쥐를 먹을까? 고양이가 박쥐를 먹을까?"

그러다 이내 반대로 중얼거렸다.

"박쥐가 고양이를 먹을까?"*

정작 앨리스는 그 어떤 질문에도 답하지 못하는 상황이었기 때문에 사실 아무렇게나 둘러대도 별반 상관이 없었다. 앨리스는 이내 꾸벅꾸벅 졸기 시작했고, 다이나와 손을 맞잡고 거니는 꿈을 꾸었다. 앨리스는 고양이에게 다정하게 말을 걸었다.

"자, 다이나! 사실대로 말해줘! 박쥐를 먹어본 적이 있는 거야?"

바로 그때였다. 쿵! 쿵!

앨리스는 나뭇가지와 마른 나뭇잎을 쌓아둔 더미 위로 떨어졌다. 낭떠러지 여행이 끝이 난 모양이다.

하나도 다치지 않은 앨리스는 두 다리로 깡총 몸을 일으켜 세웠다. 그러고는 위를 올려다보았지만 죄다 캄캄하기

---

* "고양이가 박쥐를 먹을까(Do cats eat bats)?"와 "박쥐가 고양이를 먹을까(Do bats eat cats)?"는 발음이 비슷한 단어를 이용한 말놀이다.

만 했다. 눈앞에는 또 다른 긴 통로가 뻗어 있었는데, 흰 토끼가 허둥지둥 뛰어가고 있었다. 놓칠세라 쏜살같이 뒤쫓아간 앨리스는 흰 토끼가 모퉁이를 돌면서 중얼대는 소리를 겨우 들을 수 있었다.

"이놈의 귀! 이놈의 수염! 이러다가 늦겠는걸!"

거의 따라잡았다고 생각했는데 앨리스가 모퉁이를 돌고 나니 토끼는 보이지 않았다. 그곳은 천장이 낮은 긴 복도였다. 천장에 길게 한 줄로 매달린 등불들이 주변을 비추고 있었다.

복도 주위로는 문이 가득했지만 모두 잠겨 있었다. 앨리스는 한쪽 끝까지 내려간 다음 반대편까지도 훑으며 문을 하나씩 다 열어보았다. 결국 울상이 되어 복도 가운데로 돌아오면서 이곳을 무슨 수로 빠져나갈 수 있을까 걱정이 되기 시작했다.

그 순간 유리로 만든, 다리가 세 개 달린 작은 탁자가 눈에 띄었다. 탁자 위에는 자그마한 황금 열쇠가 덩그러니 놓여 있었다. 이 열쇠로 복도에 있는 수많은 문 중 하나를 열 수 있지 않을까 하는 생각이 들었다. 하지만 열쇠 구멍이 너무 크거나 작아서 어떤 문도 열리지 않았다. 그런데 다시 한번 복도를 돌고 나니 전에는 눈에 띄지 않던 낮은 커튼이 보였다. 커튼 뒤로는 40센티미터 높이의 작은 문이 있었다. 앨리스가 작은 황금 열쇠를 꽂았더니 정말 기쁘게도 꼭 들어맞았다!

문을 열자 쥐구멍만 한 작은 통로가 이어져 있었다. 몸을 움츠려 통로를 들여다보니 생전 처음 보는 멋진 정원이 펼쳐져 있었다. 앨리스는 이 어두컴컴한 복도에서 벗어나 눈부신 화단과 시원한 분수대 사이를 마음껏 돌아다니고 싶었다. 하지만 문이 너무 작아서 머리조차 들어가지 않았다.

가엾은 앨리스는 생각했다.

'설령 머리가 들어간들 어깨가 걸릴 텐데 무슨 소용이겠어! 내 몸을 망원경처럼 작게 접을 수만 있다면 얼마나 좋을까! 어떻게 시작하는지만 안다면 할 수 있을 것도 같은데.'

지금까지 말도 안 되는 일들을 연달아 겪다 보니 앨리스는 어느새 불가능한 일이란 없다는 생각이 들었다.

작은 문 앞에서 우두커니 서 있어 봤자 아무 소용없을 것만 같았다. 그래서 앨리스는 다른 열쇠가 놓여 있지는 않을까, 아니면 망원경처럼 사람을 작게 접는 비법을 다룬 책이 있지는 않을까 상상하며 탁자로 되돌아갔다.

그런데 이번에는 탁자에 작은 병이 놓여 있었다. (앨리스는 "아까는 분명 이런 게 없었는데." 하고 중얼거렸다.) 병에는 '나를 마셔요.'라고 쓰인 종이 꼬리표가 달려 있었다.

'나를 마셔요.'라는 글귀에 마음이 흔들렸지만, 영리한 꼬마 소녀 앨리스가 곧이곧대로 할 리는 없었다!

"우선 '독약'이라는 말이 있는지 살펴봐야겠어."

앨리스는 그동안 단순한 규칙을 따르지 않아서 화상을 입거나, 야생동물의 먹잇감이 되거나, 다른 끔찍한 일을 겪은 어린이에 관한 동화책을 여러 권 읽은 터였다. 이야기 속 아이들은 죄다 친구들이 단단히 일러둔 말에 귀를 기울이지 않아서 봉변을 당했다. 이를테면 빨갛게 달군 부지깽이를 오랫동안 쥐고 있으면 화상을 입는다든지, 칼에 손가락을 깊게 베이면 피가 난다는 사실을 잊어버렸기 때문이다. '독약'이라고 적힌 것을 꿀꺽 들이켜면 결국 몸이 말을 듣지 않게 된다는 것을 앨리스는 절대 잊지 않았다.

다행히 이 병에는 '독약'이라고 적혀 있지 않았다. 그래서 앨리스는 과감히 도전해보기로 했다. 환상적인 맛이었다. (이를테면 체리파이와 커스터드, 파인애플, 구운 칠면조와 태피* 그리고 버터를 바른 토스트를 모두 섞은 맛이었다.) 앨리스는 이내 한 병을 전부 꿀꺽하고 말았다.

* * *

"기분이 진짜 이상해! 내 몸이 망원경처럼 작아지는 것 같아!"

실제로 그랬다. 앨리스는 어느새 키가 25센티미터 정도

---

* 설탕이랑 버터 따위를 곤 캔디로 안에 너트가 들어 있다.

로 줄어들었다. 멋진 정원으로 통하는 작은 문에 꼭 맞는 몸
집이 되자 앨리스의 얼굴 표정도 밝아졌다. 그렇지만 몸이
더 작아질지도 모른다는 생각에 조금 더 기다려보기로 했
다. 내심 걱정이 되기도 했다.

"이러다가 양초처럼 다 타서 없어지면 그때 난 어떻게 되
는 거지?"

앨리스는 촛불이 꺼지고 난 다음, 한때 그 초를 밝히던 불
꽃이 어떤 모습이었는지 떠올려보려 했지만 그런 걸 본 적
이 있었는지조차 기억나지 않았다.

잠시 후, 더 이상 아무 일도 일어나지 않자 앨리스는 곧장
정원으로 발걸음을 옮겼다. 하지만 아뿔싸! 가엾게도! 앨리
스는 문에 이르러서야 작은 황금 열쇠를 깜박했다는 걸 깨
달았다. 탁자로 되돌아갔지만, 더 이상 팔이 그곳까지 닿지
않았다. 열쇠가 유리 사이로 빤히 보였다. 앨리스는 탁자 다
리를 붙잡고 기어 올라가기 시작했지만, 어찌나 미끄러운
지 지쳐서 포기할 수밖에 없었다. 앨리스는 이내 주저앉아
울음을 터트리고 말았다.

"이렇게 운다고 무슨 소용이 있겠어!"

앨리스는 제법 엄하게 자신을 나무랐다.

"충고하는데 당장 그만둬!"

앨리스는 종종 유익한 말로 자신을 타이르곤 했다. (그렇
다고 그 말을 따른 적은 거의 없었다.) 때로는 스스로를 너무

무섭게 혼낸 나머지 눈물이 그렁그렁 맺히기도 했다. 한번은 혼자서 크로케* 경기를 하다가 속임수를 쓴 것이 마음에 걸려 자신의 뺨을 때리려 한 적도 있었다. 이 호기심 많은 꼬마 소녀는 혼자서 두 사람인 척하는 것을 매우 좋아했다.

가엾은 앨리스는 생각했다.

'하지만 지금은 두 사람인 척하는 게 무슨 소용이람! 나하나 앞가림하기도 벅찬걸!'

그러다 탁자 아래에 놓여 있는 작은 유리 상자가 눈에 띄었다. 상자를 열자 앙증맞은 케이크가 모습을 드러냈다. 케이크 위에는 '나를 먹어요.'라고 건포도로 새겨져 있었다.

"흠, 맛을 봐야겠어!"

앨리스가 말했다.

"만약 내가 커진다면 열쇠를 집을 수 있을 거고, 작아진다면 문 밑으로 기어 들어갈 수 있겠지. 뭐가 되었든 난 정원에 들어갈 수 있으니 상관없어!"

앨리스는 케이크를 조금 베어 먹은 다음 초조하게 중얼거렸다.

"어느 쪽이지? 어느 쪽일까?"

한 손을 머리 위에 얹고는 키가 어느 쪽으로 향하는지 기

---

* 여덟 명에서 열 명이 두 편으로 나뉘어 저마다 한 개의 나무 공을 나무 망치로 쳐서 아홉 개의 골문에 넣어 승부를 겨루는 운동 경기이다.

다렸지만, 놀랍게도 키는 그대로였다. 혹시나 해서 말해두지만 케이크를 먹고 아무 일도 일어나지 않는 게 정상이다. 하지만 앨리스는 별난 일들만 잔뜩 겪은 터라 이제는 평범한 것이라면 오히려 따분하고 지루하게만 느껴졌다. 그래서 앨리스는 케이크를 마저 먹기 시작했고, 순식간에 몽땅 먹어 치웠다.

제2장

눈물 웅덩이

"날벼락이잖아! 벼락이 날잖아!"

앨리스가 소리쳤다. (너무 놀란 나머지 앨리스는 제대로 된 표현을 까먹고 말았다.)

"이제 난 세상에서 제일 큰 망원경처럼 커지고 있어! 내 발들아, 안녕! (고개를 숙여보니 두 발은 저 멀리 떨어져 있었다.) 오, 가엾은 내 작은 발들, 이제 누가 너희에게 구두와 양말을 신겨주지? 나는 어림도 없겠는걸. 너희들을 챙기기엔 나는 너무 멀리 떨어져 있단다. 이제는 너희끼리 알아서 해야 해. 그렇지만 난 앞으로도 너희들에게 잘할 거야."

앨리스는 곰곰이 생각했다.

'자칫하면 내가 원하는 대로 걷지 않으려 할 수도 있어. 가만있자, 크리스마스 때마다 새 구두를 선물해야겠어!'

그러고는 선물을 어떻게 보낼까 고민하기 시작했다.

'집배원에게 부탁해야겠다. 내 발에게 선물을 보낸다니!
얼마나 우스울까. 주소는 또 어떻고!'

벽난로 앞 양탄자 위에 있는
앨리스의 오른발에게
(앨리스가 사랑을 담아 보냅니다.)

'어머나! 내가 무슨 말도 안 되는 소릴 하는 거야!'

바로 이때 앨리스는 복도 천장에 머리를 쾅 박고 말았다.
사실 앨리스의 키는 3미터나 되어 있었다. 앨리스는 얼른
황금 열쇠를 집어 들고는 헐레벌떡 정원 문으로 향했다.

가엾은 앨리스! 할 수 있는 건 딱 거기까지였다. 앨리스는
옆으로 누운 채 한쪽 눈으로 정원을 들여다보았다. 하지만
그게 다였다. 이제 그 구멍을 통과하는 건 더욱 불가능해 보
였다. 앨리스는 주저앉아 엉엉 울기 시작했다.

"넌 부끄러운 줄 알아야 해! 너처럼 덩치 큰 계집애가 (사
실 그렇지 않은가!) 이렇게 울고 있으니 말이야! 당장 뚝 그
쳐! 진심이야!"

하지만 울음을 멈출 수가 없었다. 눈물을 수십 양동이나
쏟아낸 터라 앨리스 주위로 10센티미터 깊이의 눈물 웅덩
이가 생기더니 금세 복도의 절반이 눈물에 잠겨버렸다.

얼마 지나지 않아 저 멀리서 후다닥 발걸음 떼는 소리가 들렸다. 앨리스는 급히 눈물을 훔치고는 무슨 일인지 살펴보았다. 흰 토끼가 돌아오고 있었다. 멋진 옷을 빼입고는 한 손에는 흰 장갑 한 켤레, 다른 손에는 커다란 부채를 들고 있었다. 토끼는 뭐가 그리 급한지 허둥대면서 중얼거렸다.

"오, 공작 부인! 공작 부인! 그분을 기다리게 하면 크게 화를 낼 텐데!"

앨리스는 너무도 절박한 상황이었던지라 누구에게라도 도움을 청할 수밖에 없었다. 그래서 토끼가 가까이 다가오자 기어 들어가는 목소리로 말을 걸었다.

"저…… 실례합니다만……."

그러자 토끼가 깜짝 놀라며 염소 가죽으로 만든 흰 장갑과 부채를 바닥에 떨어뜨리더니 어둠 속으로 사라지고 말았다.

앨리스는 부채와 장갑을 집어 들고는 복도가 너무 더워서 부채질을 하며 중얼대기 시작했다.

"세상에나! 오늘은 정말 모든 게 이상해! 어제까지만 해도 다 평범했는데 말이야. 하룻밤 사이 내가 변한 걸까? 어디 보자, 오늘 아침 눈 떴을 때와 지금의 나는 같은 사람인가? 조금 달라졌다고 느끼긴 했지. 하지만 만약 내가 더 이상 같은 사람이 아니라면 난 도대체 누구지? 아! 이건 정말 엄청난 수수께끼야!"

앨리스는 아는 친구들을 모조리 떠올려보기 시작했다. 친구 중 한 명으로 모습이 바뀌었을지도 모르니까!

"에이다는 확실히 아니야. 그 애는 엄청 긴 곱슬머리를 가졌잖아. 내 머리는 전혀 곱슬거리지 않는다고. 메이블도 될 수 없어. 난 척척박사니까. 메이블은 아는 게 별로 없지! 게다가 그 애는 그 애고, 나는 나라고! 아, 뭐가 뭔지 모르겠어! 이전에 알던 걸 지금도 기억하는지 살펴봐야겠어. 어디 보자, 4 곱하기 5는 12, 4 곱하기 6은 13, 4 곱하기 7은……. 세상에! 이러다간 20까진 어림도 없겠어. 하지만 구구단은 중요하지 않아. 지리를 해보자! 런던은 파리의 수도, 파리는 로마의 수도, 로마는……. 아니야, 전부 엉망진창이잖아. 확실해. 내가 메이블로 변한 게 분명해! '꼬꼬마 악어는 어떻게 할까?'를 외워볼까?"

앨리스는 수업 시간에 하는 것처럼 깍지 낀 손을 무릎에 올려놓고 시를 외우기 시작했다. 하지만 앨리스의 목소리는 거칠었고, 단어도 괴상했다.

꼬꼬마 악어는 어떻게 할까?
빛나는 꼬리를 뽐내려면 말이지.
나일강 물 떠다가
황금빛 비늘에 적시려면 말이지.

해맑게 미소 지으며
우아하게 발톱을 쫙 벌려
다정하게 미소 짓는 입속으로
어린 물고기들을 맞이하네.

"분명히 다 틀렸어!"

가엾은 앨리스의 눈에 다시금 눈물이 그렁그렁 맺혔다.

"난 메이블이 된 게 틀림없어. 그렇다는 건 이제 그 좁아터진 집에서 가지고 놀 장난감도 없이 살아야 한다는 거야. 오! 그리고 많은 것을 다시 배워야 할 거야! 안 되겠어. 만약 내가 메이블이라면 나는 여기에 눌러앉아 살 테야! 나를 찾아와서 고개를 밀어 넣고 '어서 다시 올라오렴!'이라고 말해봤자 소용없다고. 그럼 나는 고개만 까딱 들고선 '그럼 내가 누구죠? 그것부터 말해봐요.'라고 물어볼 테니까. 그런 다음 만약 대답이 마음에 들면 올라갈 거고, 그렇지 않다면 다른 누군가가 나를 찾을 때까지 여기에 있을 거야. 하지만……. 세상에!"

앨리스는 갑자기 울음을 터뜨렸다.

"누군가 이 굴 속을 내려다봐 줬으면 좋겠어. 여기에 이렇게 혼자 있는 건 너무 싫어!"

그러고는 자신의 손을 내려다보았는데, 놀랍게도 손에 토끼의 작고 하얀 장갑 한 짝이 끼워져 있었다. 혼잣말을 하던 중에 저도 모르게 끼웠던 모양이다.

"어떻게 이런 일이 있을 수 있지? 내가 다시 작아진 게 분명해!"

앨리스는 키를 가늠해보려고 자리에서 일어나 탁자로 향했다. 아니나 다를까 키가 60센티미터 정도로 줄어든 데다, 그 순간에도 빠른 속도로 몸이 줄고 있었다. 앨리스는 손에 쥐고 있던 부채가 원인이라는 걸 깨닫고는 재빨리 들고 있는 것을 홱 던져버렸다. 그러자 다행히도 줄어드는 것이 멈췄다.

"아슬아슬했어!"

앨리스는 갑작스런 변화에 깜짝 놀랐지만 몸이 완전히 없어지지 않아서 다행이라는 생각도 들었다.

"이제 정원으로 나가야지!"

앨리스는 작은 문으로 힘껏 달려갔다. 하지만, 아뿔사! 어느새 작은 문은 또 닫혀버렸고, 황금 열쇠는 아까처럼 유리 탁자 위에 놓여 있었다.

'아까보다 더 나빠졌어.'

가엾은 앨리스는 생각했다.

'지금까지 이렇게 작아져본 적이 없으니까. 이거 정말 야단났네.'

그 순간 앨리스의 두 발이 미끄러지더니 풍덩! 하고 물에 빠지고 말았다. 짠물이 턱 밑까지 차올랐다. 처음에는 어쩌다 바다에 빠진 게 분명하다고 생각했다.

"그런 거라면 난 기차를 타고 돌아가면 돼!"

앨리스가 중얼거렸다. (앨리스는 딱 한 번 해변에 가본 적이 있는데, 그 후부턴 영국의 해변이라면 어디든 이동 탈의실이 있고, 아이들이 장난감 삽으로 모래놀이를 하며, 민박집이 늘어선 곳 뒤편으로 기차역이 있을 것이라고 막연하게 믿게 되었다.)

하지만 앨리스는 곧 그곳은 자신의 키가 3미터였을 때 흘린 눈물이 고여서 생긴 웅덩이라는 것을 알아차렸다.

"많이 울지 말걸 그랬어."

앨리스가 빠져나오려고 눈물 웅덩이에서 바둥거리며 말했다.

"아마도 난 지금 벌을 받는 건가봐. 내 눈물에 내가 빠져버렸으니 얼마나 이상한 일이야! 하지만 오늘은 모든 게 다 이상하니까!"

바로 그때 조금 떨어진 곳에서 무언가 첨벙거리는 소리가 들렸다. 앨리스는 다가가 무엇인지 알아보기로 했다. 처음에는 분명 바다코끼리나 하마일 것이라고 생각했다. 하지만 이내 자신의 몸이 매우 작다는 사실을 떠올렸다. 첨벙거리던 것은 생쥐였다. 녀석도 앨리스처럼 눈물에 휩쓸려온 모양이었다.

'지금 생쥐에게 말을 거는 게 소용이 있을까?'

앨리스는 생각했다.

'여긴 모든 게 다 이상하잖아. 그러니 녀석도 말을 할 수 있을지도 몰라. 어쨌든 해본다고 손해 보는 것도 아니니까.'

그래서 앨리스는 생쥐에게 말을 걸었다.

"오, 생쥐! 혹시 이 웅덩이에서 빠져나갈 방법을 알고 있니? 계속 헤엄을 치려니 너무 지쳐서. 오, 생쥐!"(앨리스는 이것이야말로 생쥐에게 말을 거는 적절한 방법이라고 생각했다. 지금껏 한 번도 쥐와 이야기해본 적은 없지만, 오빠의 라틴어 문법책에서 보았던 게 떠올랐기 때문이다. '생쥐 – 생쥐의 – 생쥐에게 – 생쥐를 – 오, 생쥐!')

생쥐가 호기심 어린 눈빛으로 앨리스를 바라보았다. 한쪽 눈을 찡긋거린 것 같았지만 아무런 대꾸도 하지 않았다.

'영어를 할 줄 모르나 보다. 프랑스에서 온 생쥐인 게 분명해! 윌리엄 장군과 함께 이곳으로 건너왔나봐.' (앨리스는 알고 있는 모든 역사 지식을 동원해보았지만 오래전에 무슨 일이 있었는지에 대해서는 도통 알 길이 없었다.)

앨리스는 그렇게 생각하고 다시 말을 이어갔다.

"우 에 마 샤뜨?"*

이 말은 앨리스가 프랑스어 교과서에서 제일 먼저 배운 문장이다. 그러자 생쥐가 갑자기 물 위로 펄쩍 뛰어오르더니 온몸을 부들부들 떨기 시작했다.

---

* 프랑스어로 "내 고양이는 어디에 있지?"라는 뜻이다.

"어머, 미안해!"

앨리스는 불쌍한 동물의 마음을 상하게 했을까 걱정되어 황급히 소리쳤다.

"고양이를 좋아하지 않는다는 걸 깜박했어."

그러자 생쥐가 날카롭게 쏘아붙였다.

"고양이를 좋아하지 않는다고? 네가 나라면 고양이를 좋아하겠니?"

앨리스가 달래는 듯한 목소리로 말했다.

"음, 아마도 아니겠지. 화내지 마. 내 고양이 다이나를 보여줄 수 있다면 좋겠다. 내 고양이를 본다면 분명히 너도 고양이를 좋아하게 될 거야. 다이나는 정말 얌전하거든."

앨리스는 눈물 웅덩이를 천천히 헤엄치며 중얼거렸다.

"게다가 녀석은 난롯가에 얌전히 앉아서 가르랑거리거나 앞발을 핥으며 세수를 해. 다이나를 안으면 얼마나 부드러운지 몰라. 게다가 생쥐 사냥이라면 일등이지……. 어머, 미안해!"

앨리스가 다시 소리쳤다. 이번에도 생쥐는 발끈했는데, 제대로 마음이 상한 것 같았다.

"다이나 이야기는 더 이상 하지 않을게. 차라리 시작도 하지 않았으면 더 좋았으련만."

화가 나서 꼬리 끝까지 온몸의 털을 곤두세운 생쥐가 소리쳤다.

"그걸 말이라고 하는 거야! 우리 가문은 늘 고양이를 증오해왔어. 천하고, 교양 없고, 불결한 것들이야! 다시는 그 이름을 내 귀에 들리게 하지 마!"

앨리스는 서둘러 화제를 바꾸었다.

"물론이지! 그렇다면 강아지는 좋아하니?"

생쥐가 별다른 대구를 하지 않자 앨리스는 신이 나서 말을 이어갔다.

"우리 옆집에 정말 착한 강아지가 있어. 너한테도 보여주고 싶구나. 반짝이는 작은 눈망울을 가진 테리어 종인데, 곱슬거리는 긴 갈색 털을 가졌지! 게다가 물건을 던지면 잘 물어오기도 해. 등을 꼿꼿이 하고선 밥을 달라고 애교를 부리지. 그것 말고도 할 줄 아는 게 많은데, 지금은 절반도 다 기억이 안 나네. 강아지의 주인은 농부인데, 그분 말씀이 강아지가 정말 많은 도움이 된다고 하더라고. 수백 파운드 가치가 있대! 그리고 쥐도 모조리 잡는다나! 어머나, 세상에!"

앨리스가 안타까운 목소리로 외쳤다.

"내가 또 네 기분을 망쳤나봐!"

하지만 생쥐는 어디든 가볼 기세로 발버둥을 치며 웅덩이 저쪽으로 가버렸다. 그러자 앨리스가 생쥐를 다정하게 부르며 말했다.

"생쥐야! 다시 돌아와. 네가 싫다면 고양이나 강아지 이야기는 다시 하지 않을게."

이 소리를 들은 생쥐는 슬금슬금 몸을 돌려 앨리스에게 다시 헤엄쳐 돌아왔다. 새하얗게 질린 생쥐는 (앨리스는 생쥐가 화가 나서 그런 거라고 생각했다.) 떨리는 목소리로 말했다.

"물 밖으로 나가자. 가서 내 이야기를 들려줄게. 그러면 내가 왜 고양이와 강아지를 싫어하는지 알게 될 거야."

지금이 딱 좋은 시점이기도 했다. 웅덩이 안은 휩쓸려 온 오리, 도도새, 분홍앵무새, 새끼 독수리 등 온갖 종류의 새와 동물로 북적거렸다. 묘하게 생긴 동물도 있었다. 앨리스가 앞장서자 모두 그 뒤를 따라 밖으로 헤엄쳐 나왔다.

제3장

코커스 경주와 기나긴 이야기

물가에 옹기종기 모여 있는 동물들은 정말이지 꼴이 말이 아니었다. 날개 달린 것들은 깃털을 바닥에 질질 끌었고, 네 발로 걷는 것들은 털이 온몸에 철썩 들러붙은 채였다. 모두 흠뻑 젖어서 언짢고 못마땅한 기색이었다.

첫 번째로 해결해야 할 일은 당연히 몸을 어떻게 말리느냐는 것이었다. 동물들은 이 문제에 대해 논의했고, 앨리스도 얼마 지나지 않아 오래전부터 그들과 친했던 것처럼 자연스럽게 대화에 끼어들었다. 앨리스는 특히 분홍앵무새와 한참 동안 이러쿵저러쿵했는데, 결국에는 앵무새가 토라져서 이렇게 쏘아붙였다.

"내가 너보다 나이가 더 많아! 그러니 아는 것도 더 많다고!"

앨리스는 분홍앵무새의 나이를 물었지만 분홍앵무새가 제 나이를 밝히고 싶어하지 않아, 결국 말다툼은 흐지부지 끝나고 말았다. 마침내 무리 중에 그래도 권위 있어 보이는 생쥐가 입을 열었다.

"모두들 자리에 앉아서 내 말 좀 들어봐! 내가 곧 여러분의 몸을 말려줄 테니까."

동물들은 이내 생쥐를 중심으로 둥글게 모여 앉았다. 앨리스도 젖은 몸이 빨리 마르지 않으면 독감에 걸릴지도 모른다는 생각에 조바심을 내며 생쥐를 바라보았다.

생쥐가 위엄 있게 말했다.

"으흠! 모두 준비되었나? 내가 아는 이야기 가운데 가장 건조한 것인데…….* 그러니 다들 조용! 윌리엄 장군은 교황의 신임을 얻어 영국으로 오게 되었지. 당시 영국인들은 지도자를 원했거든. 나라가 강탈과 침입으로 난리통이었으니까. 에드윈과 모카는 머시아와 노섬브리아의 백작 가문이었는데……."

분홍앵무새가 덜덜 떨면서 말했다.

"윽!"

생쥐가 인상을 찌푸렸으나 점잖게 물었다.

---

* '건조한(dry)'이라는 단어가 몸을 '말리는' 것과 '재미없는' 이야기라는 두 가지 의미로 쓰였다.

"실례지만, 뭐라 한 거야?"

분홍앵무새가 시치미를 뗐다.

"아무 말 안 했어!"

"난 또 뭐라고 한 줄 알았지."

생쥐가 말했다.

"그럼 계속하지. 머시아와 노섬브리아 백작 가문의 에드윈과 모카는 윌리엄 장군에게 지지를 표했어. 애국자였던 캔터베리 대주교 스티건드 역시 그것을 권고했지."

오리가 끼어들었다.

"뭘 했는데?"

생쥐가 짜증 섞인 목소리로 대꾸했다.

"'그것' 말이야! '그것'이 무슨 뜻인지 알지?"

"'그것'의 뜻은 잘 알지. 대부분 개구리거나 지렁이거든. 내 질문은 대주교가 뭘 했냐는 거야."

생쥐는 오리의 말을 무시하고 서둘러 말을 이어갔다.

"에드거 애슬링과 함께 윌리엄 장군을 만나 그에게 왕관을 하사하는 것에 대해 권고했지. 윌리엄 장군은 처음에는 선을 지켰어. 하지만 그의 노르만족 부하들이 어찌나 오만하던지! 어때? 몸이 좀 마르는 것 같아?"

생쥐가 말을 이어가면서 앨리스 쪽을 바라보았다. 앨리스는 시무룩한 목소리로 말했다.

"여전히 축축해. 그 이야기로는 하나도 마르는 것 같지 않아.”

그러자 도도새가 몸을 일으키면서 엄숙하게 말했다.

“그렇다면 말이지, 회의는 이만 휴회하고, 좀 더 강력한 대책을 즉시 도입하는 게…….”

“쉬운 말로 해!”

새끼 독수리가 말했다.

“구구절절 늘어놓는 말의 절반도 못 알아듣겠네. 너도 못 알아듣는 것 같은데!”

그렇게 말하며 새끼 독수리는 웃음을 감추느라 고개를 숙였다. 다른 새들도 소리 내어 킥킥거렸다.

“내가 하려던 말은, 우리가 몸을 말리는 가장 좋은 방법은 코커스 경주라는 거였어.”

도도새가 뾰로통하게 말했다.

“코커스 경주가 뭔데?”

앨리스가 물었다. 사실 코커스 경주가 딱히 궁금한 건 아니었으나 도도새가 누군가 자신에게 물어봐주길 기다리며 시간을 끌었는데도 아무도 질문을 하지 않아서 하는 수 없이 물은 것뿐이었다.

도도새가 말했다.

“직접 해보는 것보다 더 좋은 이해는 없는 법이지.”(여러분도 혹시 겨울에 코커스 경주를 하고 싶을 수 있으니, 도도새가 어떻게 했는지 알려주겠다.)

36

우선 동그랗게 경주로를 그렸다. ("모양은 엉망이어도 상관없어."라고 도도새가 말했다.) 그런 다음 동물들은 경주로 이곳저곳에 자리를 잡았다. "하나, 둘, 셋, 출발! 이런 건 없어." 뛰고 싶을 때 뛰기 시작하고, 그만두고 싶을 때 멈추라고 했다. 그래서 경주가 언제 끝나는지 알 수 없었다. 하지만 그렇게 30분쯤 뛰었을까? 대부분 몸이 마르자 도도새가 갑자기 소리쳤다.

"경주 끝!"

그러자 저마다 도도새 주위로 몰려와 숨을 헐떡이며 물었다.

"그런데 누가 이긴 거야?"

한참을 생각하지 않고서는 쉽게 답할 수 없는 질문이었다. 그래서 도도새는 한 손가락으로 이마를 짚은 채 한참을 앉아 있었다. (셰익스피어 초상화에서 종종 볼 법한 자세였다.) 그러는 동안 동물들은 입을 꾹 다물고 기다렸다. 마침내 도도새가 입을 열었다.

"모두가 이겼어! 그러니 모두가 상을 받아야지."

그러자 한 목소리로 이어진 질문.

"그런데 누가 상을 주나?"

도도새가 앨리스를 손가락으로 가리키며 말했다.

"흠, 당연히 저 아이지."

그러자 동물들은 앨리스 주위로 모여들더니 정신없이 떠

들어대기 시작했다.

"상을 줘! 상을 줘!"

앨리스는 어찌할 바를 알지 못한 채 자포자기한 심정으로 주머니에 손을 쑤셔 넣었다. 다행히 사탕 상자를 꺼내서 (운 좋게도 짠물이 스며들지는 않았다.) 동물들에게 나누어 주었다. 모두에게 한 알씩 나누어 주니 딱 맞았다.

생쥐가 말했다.

"하지만 저 아이도 상을 받아야 해."

"물론이지. 주머니에 또 뭐가 들었지?"

도도새가 엄숙한 목소리로 앨리스를 바라보며 물었다.

앨리스가 구슬프게 대답했다.

"골무밖에 없는걸."

"이리 줘봐."

도도새가 말했다. 그러자 동물들은 다시금 앨리스 주위로 몰려들었고, 도도새는 엄숙한 목소리로 앨리스에게 골무를 건네며 말했다.

"이 값진 골무를 받아주길 청하오."

도도새가 짧은 연설을 마치자 모두가 박수를 쳤다. 앨리스는 모든 게 괴상하기만 했지만 다들 진지한 표정인지라 차마 웃을 수가 없었다. 앨리스는 적당한 말이 생각나지 않아서 고개를 살포시 숙여 골무를 받았다. 표정은 최대한 진지하게 유지하면서.

다음은 사탕을 먹을 차례였다. 이때도 난리가 아니었다. 그도 그럴 것이, 몸집이 큰 새들은 사탕이 작아서 제대로 맛도 못 보았다고 성질을 부렸고, 작은 새들은 사탕이 목에 걸려 등을 두드려주어야 했다. 하지만 결국엔 사탕을 다 먹었고, 동물들은 다시금 둥글게 앉아 생쥐에게 이야기를 더 해달라고 졸랐다.

앨리스가 입을 열었다.

"네 이야기를 들려주겠다고 했잖아."

그러고는 생쥐의 기분을 또 상하게 할까봐 걱정하며 작게 속삭였다.

"왜 '고'와 '강'을 싫어하는지도."

생쥐는 한숨을 내쉬고는 앨리스를 바라보며 말했다.

"꼬리에 꼬리를 문 슬픈 이야기지."

앨리스는 생쥐의 꼬리를 신기하다는 듯 바라보며 말했다.

"네 꼬리가 정말 길긴 기네. 하지만 꼬리가 슬프다니 도대체 무슨 말이야?"

앨리스는 생쥐가 하는 말이 어리둥절하기만 했다.* 그래서 생쥐의 이야기는 앨리스의 머릿속에서 이렇게 꼬리 모양이 되었다.

---

* 영어로 '이야기'라는 뜻의 'tale'과 '꼬리'라는 뜻의 'tail'의 발음이 같아서 앨리스가 생쥐의 말을 이해하지 못하고 있다.

무서운 개가 집 안에서

생쥐와 딱 마주치자 이렇게 말했대.

"법정으로 가자.

내가 너를 고소할 거니까.

어서 와. 너는 딱 걸렸어.

우리는 재판을 받아야 해.

오늘 아침에는 때마침 할 일도 없거든."

생쥐가 성질 고약한 녀석에게 대꾸하네.

"재판이라고?

이봐! 판사도 배심원도 없는데

무슨 소용이란 말이지?"

교활하고 늙어빠진 개가 말하네.

"내가 재판장이고 배심원이야.

무슨 수를 써서라도

너를 사형에 처하게 할 거야."

"내 이야기는 안 듣고 있잖아! 무슨 생각을 하는 거야?"

생쥐가 앨리스에게 쏘아붙이자 앨리스가 미안해하며 말했다.

"미안, 지금까지 꼬리가 다섯 번 정도 구부러졌지?

"그런 적 없거든!"

생쥐가 잔뜩 심술을 내며 소리쳤다.

"매듭이라고?"*

언제든 남을 잘 도와야 한다는 생각에 앨리스는 주위를 두리번거리며 말했다.

"내가 매듭을 풀어줄게!"

"무슨 말도 안 되는 소리야! 허튼소리로 나를 모욕하지 마!"

생쥐는 벌떡 일어나 저쪽으로 걸어갔다.

"일부러 그런 건 아니야. 하지만 너무 쉽게 삐치는구나."

가엾은 앨리스가 애원했지만, 생쥐는 그저 씩씩댈 뿐이었다.

"제발 돌아와. 이야기를 끝까지 들려줘."

앨리스가 생쥐를 뒤쫓아가며 애원했다. 그러자 동물들도 다함께 외쳤다.

---

* 영어로 '아니다'라는 뜻의 'not'과 '매듭'이라는 뜻을 지닌 'knot'의 발음이 같아서 앨리스가 혼동하고 있다.

"그렇게 해줘!"

하지만 생쥐는 세차게 고개를 가로젓더니 빠른 걸음으로 걸어가 버렸다.

"저렇게 가버리네."

생쥐가 저 멀리 사라지자 분홍앵무새가 한숨을 내쉬며 말했다. 그러자 엄마 게가 이 틈을 놓치지 않고 딸에게 말했다.

"얘야, 이걸 교훈으로 삼으렴. 절대 남에게 성질을 내서는 안 돼."

어린 게가 잽싸게 말을 가로채며 말했다.

"그만하세요! 엄마 잔소리는 굴도 못 견딜 거예요!"*

"우리 다이나가 여기에 있었으면 좋으련만. 다이나는 저 생쥐를 당장 잡아 왔을 텐데."

앨리스가 딱히 누구라고 할 것 없이 큰소리로 말했다.

분홍앵무새가 물었다.

"물어봐도 실례가 되지 않는다면, 다이나가 누구니?"

그러자 앨리스가 신이 나서 말했다. 다이나에 관한 것이라면 이야기보따리를 술술 풀어놓을 수 있었다.

"다이나는 우리 고양이야. 생쥐를 얼마나 잘 잡는지 너희는 상상도 못 할 거야. 맞다! 다이나가 새를 뒤쫓는 걸 보았으면 좋을 텐데! 아기 새는 보자마자 잡아먹어 버리거든."

---

* 영어에서는 과묵한 사람을 '굴(oyster)'에 비유하기도 한다.

앨리스의 말에 동물들은 술렁이기 시작했다. 한 걸음에 허둥지둥 달아나는 새가 있는가 하면, 어떤 늙은 까치는 몸을 조심스레 움츠리며 중얼대기도 했다.

"이제 정말 집에 가야겠네. 차가운 밤공기는 목에 안 좋아서 말이지."

카나리아도 떨리는 목소리로 어린 것들을 불러 모았다.

"어서 가자꾸나, 내 새끼들. 잠자리에 들 시간이야."

이런저런 핑계를 늘어놓으며 저마다 그곳을 떠났고, 이내 앨리스만 덩그러니 홀로 남게 되었다.

앨리스는 애달픈 목소리로 중얼거렸다.

"다이나 얘기를 꺼내지 말걸 그랬어. 이곳에서는 다들 고양이를 싫어하는 눈치야. 하지만 다이나가 세상에서 가장 훌륭한 고양이인 건 틀림없다고! 보고 싶은 다이나! 우리 다시 만날 수 있을까?"

앨리스는 너무도 외롭고 쓸쓸한 나머지 다시 울기 시작했다. 하지만 이내 저 멀리서 총총거리는 발소리가 들려왔다. 앨리스는 생쥐가 마음을 바꾸고 남은 이야기를 들려주려 돌아오는 것이리라 고대하며 호기심 가득한 눈으로 그쪽을 바라보았다.

제4장

토끼가 꼬마 빌을 들여보내다

흰 토끼였다. 토끼는 마치 무언가를 잃어버린 듯 걱정스레 주위를 두리번거리며 걸어오고 있었다. 토끼의 혼잣말이 들려왔다.

"공작 부인! 공작 부인! 가엾은 내 발! 내 털과 수염! 나를 처형시키라고 할 게 분명해! 그건 족제비가 족제비인 것만큼 확실해! 그런데 대체 어디에 떨어뜨린 걸까?"

그 말을 듣자 앨리스는 흰 토끼가 부채와 하얀 염소 가죽 장갑을 찾고 있다는 걸 알아챘다. 마음씨 고운 앨리스도 함께 찾아보았지만 그 어디에도 보이지 않았다. 웅덩이에서 헤엄쳐 나온 뒤로 모든 게 달라져 있었다. 유리 탁자와 작은 문이 있던 기나긴 복도는 더 이상 보이지 않았다.

얼마 지나지 않아 토끼는 물건을 찾아 두리번거리는 앨

리스를 발견하고는 버럭 화를 냈다.

"메리 앤! 여기에 나와서 뭘 하는 거야? 당장 집에 가서 장갑과 부채를 가져와! 빨리! 지금 당장!"

앨리스는 너무도 당황한 나머지 다른 사람으로 착각한 것 같다는 말은 미처 꺼내지도 못한 채 토끼가 가리키는 방향으로 냅다 달리기 시작했다.

"나를 자기 하녀로 착각했나봐."

앨리스는 뛰면서 중얼거렸다.

"내가 누군지 알게 되면 놀라서 까무러칠지도 몰라! 하지만 우선 부채와 장갑을 가져다주는 게 좋겠어. 찾을 수만 있다면 말이야."

혼잣말을 막 마치자 작고도 깔끔한 집 한 채가 눈앞에 나타났다. 문에는 놋쇠로 만든 문패가 걸려 있었는데, '하얀 토끼'라고 새겨져 있었다. 앨리스는 문을 두드려보지도 않고 안으로 들어가서는 위층으로 서둘러 올라갔다. 진짜 메리 앤과 맞닥뜨려 부채와 장갑을 챙겨 나오기도 전에 집 밖으로 쫓겨나면 어쩌나 한편으로는 걱정이 되었다.

"정말 별나기도 하지. 내가 토끼 심부름을 하고 말이야. 다음번엔 다이나가 심부름을 시킬지도 모르겠네."

그러면서 앨리스는 그런 경우에 일어나게 될 일을 상상해보았다.

"앨리스 아가씨! 이리 와서 나갈 채비를 하도록 해요!"

"금방 갈게요, 유모! 하지만 다이나가 돌아올 때까지 쥐구멍을 지켜야 해요. 생쥐가 도망치면 안 되거든요."

앨리스가 이어 말했다.

"그런데 고양이가 사람들한테 이래라저래라 하기 시작한다면 다들 다이나를 가만두지 않을 것 같단 말이지."

바로 그때 아담한 방이 눈에 띄었다. 방 안 창가 옆 탁자 위에 (앨리스가 바라던 대로) 부채와 앙증맞은 장갑이 두세 켤레 놓여 있었다. 부채와 장갑 한 켤레를 집어 들고 방을 나서려 할 때였다. 거울 옆에 놓인 작은 병이 눈에 띄었다. 그런데 이번에는 '나를 마셔요.'라는 꼬리표가 없었다. 그럼에도 앨리스는 마개를 열고서 병을 입으로 가져가며 말했다.

"분명 재미난 일이 생길 거야. 내가 뭘 먹거나 마실 때마다 그랬으니까. 좋아, 이번에는 어떻게 되는지 두고봐야지. 이번에는 다시 커졌으면 좋겠네. 이렇게 조그맣게 지내는 게 슬슬 지루해져서 말이야."

바라는 대로 되었다. 기대했던 것보다도 훨씬 빨리 몸이 커지기 시작하더니 반병쯤 마시자 머리가 천장에 닿았다. 목뼈가 부러질 것 같아서 앨리스는 몸을 움츠려야 했다. 앨리스는 재빨리 병을 내려놓으며 중얼거렸다.

"이거면 충분해. 더 이상은 커지지 않았으면 좋겠는데. 이 상태로는 문 밖으로 빠져나갈 수가 없으니까. 많이 마시지 말걸 그랬어."

하지만 후회해봐야 이미 늦었다. 앨리스는 걷잡을 수 없이 커지더니 이내 바닥에 무릎을 꿇어야만 했다. 곧 그마저도 비좁아졌다. 그래서 팔꿈치 한쪽은 문에 기대고 다른 팔로는 머리를 감쌌다. 그런데도 몸이 커지고 있어서 마지막 방법으로 한 팔은 창문 밖으로 내밀고 한쪽 발은 굴뚝 위로 쑤셔 올리는 수밖에 없었다.

"이제 더는 안 되겠어. 무슨 일이 일어나든 말이야. 난 이제 어쩌면 좋지?"

다행스럽게도 작은 마법의 병은 효력을 다한 듯했다. 앨리스는 더 이상 커지지 않았지만 불편한 자세로 계속 있어야 했고, 방 밖으로 빠져나갈 방법도 전혀 없었다. 그러니 불행하다 느끼는 건 어쩌면 당연한 일인지도 모른다.

'집에 있을 때가 훨씬 더 즐거웠어.'

가엾은 앨리스는 생각했다.

'이렇게 몸이 커지거나 작아지지 않으니까. 게다가 생쥐나 토끼한테 이래라저래라 소리를 들을 일도 없잖아. 토끼굴에 내려오지 않았더라면 좋았을 텐데. 그런데 이런 삶이 궁금하기도 했잖아! 나한테 또 어떤 일이 생길지 궁금해. 동화를 읽을 때면 내게는 그런 일들이 절대 일어나지 않을 거라고 생각했거든. 그런데 난 지금 이런 세상 한가운데 있잖아. 나를 주인공으로 한 책이 있어야 해. 물론이고말고! 내가

다 크면 직접 한 권 쓸 거야. 하지만 난 이미 이렇게나 큰걸.'

앨리스는 처량한 목소리로 덧붙였다.

"적어도 여기선 내가 더 자랄 공간이 없겠어."

앨리스는 곰곰이 생각했다.

'그렇다면 난 지금보다 늙지 않게 된다는 건가? 그건 어쩌면 다행이지. 꼬부랑 할머니가 되지 않는다는 말이니까. 하지만 공부를 계속해야 한다는 말이기도 하잖아. 그건 정말 싫은데.'

"오, 바보 같은 앨리스!"

앨리스가 혼잣말로 대답했다.

"여기서 어떻게 공부를 하니? 네가 들어갈 만한 방도 없다고. 게다가 교실도 전혀 없는걸."

그러고는 역할을 번갈아가며 계속 혼자 중얼거렸다. 그럴듯한 대화가 만들어졌다. 하지만 이내 밖에서 어떤 목소리가 들렸다. 앨리스는 말을 멈추고 귀를 기울였다.

"메리 앤! 메리 앤! 당장 내 장갑을 가져와!"

그러더니 계단을 따라 올라오는 소리가 들렸다. 토끼가 앨리스를 찾으러 온 게 분명했다. 앨리스가 몸을 부르르 떨자 집이 휘청거렸다. 토끼보다 덩치가 천 배나 더 커져서 더는 토끼를 무서워할 필요가 없어졌지만 앨리스는 그 사실을 깜빡하고 말았다.

이윽고 토끼가 방문 앞에 도착했는지 문을 열려고 했다.

하지만 안쪽으로 밀어야 열리는 문인데 앨리스가 팔꿈치로 막아서고 있으니 열릴 리가 없었다. 앨리스는 토끼가 중얼거리는 소리를 들었다.

"하는 수 없지. 그러면 돌아서 창문으로 들어가야겠군."

'어림없지!'

앨리스는 생각했다. 그러고는 창문 바로 아래서 토끼의 기척이 있을 때까지 기다렸다가 손을 쭉 뻗어 허공을 움켜쥐었다. 사실 실제로 움켜쥔 건 아무것도 없었다. 하지만 다음 순간, 작은 비명과 함께 무언가 곤두박질치는 소리가 나더니 유리 깨지는 소리가 들렸다. 토끼가 오이를 키우는 온실 같은 곳에 떨어졌거나 뭐 그랬을 터였다.

그러고는 들려오는 화난 목소리.

"패트! 패트! 어디 있는 거야?"

그러더니 낯선 목소리가 울려 퍼졌다.

"네, 여기 있습니다. 땅에서 사과를 캐고 있었습지요."

토끼가 쏘아붙였다.

"사과를 캐고 있었다고? 정말이냐? 여기! 와서 나 좀 꺼내줘!"(다시 한번 유리 깨지는 소리가 들렸다.)

"패트, 자, 말해보게. 창문에 있는 저건 뭐지?"

"팔입니다요, 주인님."(그는 '파알'이라고 발음했다.)

"팔이라고? 멍청한 것! 저렇게 큰 게 있다고? 창문에 꽉 들어차잖아."

"그렇습니다요, 주인님. 하지만 분명 팔입니다."

"어쨌든 거기에 있을 만한 건 아니군. 얼른 가서 치워!"

그런 다음 한참 동안 침묵이 이어졌다. 이따금씩 소곤대는 소리만 들릴 뿐이었다. 예를 들자면, "진짜 싫어요, 주인님. 절대 못하겠어요." "내가 하라는 대로 해, 이 겁쟁이야!" 이런 소리였다.

참다못한 앨리스는 다시 한 번 손을 내밀고는 허공을 움켜쥐었다. 이번에는 작은 비명이 두 번 연이어 나더니, 또 한 번 유리 깨지는 소리가 들렸다.

앨리스는 생각했다.

'오이 온실이 얼마나 많은 거야! 이젠 어쩌려나? 나를 창문 밖으로 빼내려나? 그렇게 해주면 좋겠는데! 나도 이곳에 더는 있고 싶지 않다고!'

앨리스는 한참을 기다렸지만 아무 소리도 들리지 않았다. 마침내 작은 수레가 덜컹거리며 굴러오는 소리, 여럿이 웅성대는 소리가 들렸다.

"다른 사다리는 어디 있지?"

"난 하나만 챙겨왔을 뿐이라고. 빌이 다른 걸 가지고 있다네."

"빌! 여기로 옮겨줘."

"이봐! 여기 구석에 세우도록 해!"

"아니야. 우선 한데 묶어."

"아직 절반 높이에도 못 미친다고."

"오! 되겠는걸! 까다롭게 굴지 말라고."

"자, 빌! 이 밧줄을 붙들어."

"지붕이 견딜 수 있을까?"

"그 기왓장 조심해. 좀 헐거운 것 같아."

"아, 떨어진다. 고개 숙여!" (기왓장이 떨어지면서 요란하게 깨지는 소리가 났다.)

"누가 그런 거야?"

"빌이었을 거야."

"누가 굴뚝으로 들어갈 건가? 없어?"

"난 못해. 자네가 해!"

"나도 못해."

"빌이 들어가야겠어."

"빌! 주인님이 자네더러 굴뚝으로 들어가라는군!"

앨리스가 중얼거렸다.

"빌이 굴뚝으로 내려오는 건가? 왜 모두 빌에게 떠넘기는 거지? 나라면 웬만해서는 빌처럼 되지는 않을 테야. 그나저나 이 벽난로는 너무 좁아. 하지만 발차기 정도는 할 수 있지."

앨리스는 굴뚝 아래로 발을 최대한 밀어 넣은 다음 작은 동물이 (어떤 동물인지는 알 수 없었다.) 굴뚝 벽을 긁으며 내려오는 소리가 들릴 때까지 기다렸다. 그리고 뭔가가 발에 닿았다.

"빌이구나."

앨리스는 거치적대는 것을 발로 힘껏 차버린 다음 무슨 일이 일어날지 기다렸다.

가장 먼저 들린 건 여럿이 "빌이 날아간다!"를 외치는 소리였다. 그러고는 이어지는 토끼의 소리.

"저 녀석을 잡아! 울타리 옆에 있는 너!"

그런 다음 잠시 조용하더니 또다시 왁자지껄한 소동이 일었다.

"머리를 잡아 올려."

"브랜디 가져와."

"숨을 쉴 수 있게 해줘."

"어떤가? 무슨 일이 있었던 거야? 전부 다 말해봐!"

마침내 희미하게 켁켁대는 소리가 들렸다. (앨리스는 '빌일 테지.'라고 생각했다.)

"글쎄요. 저도 잘 모르겠어요. 고맙습니다. 이제 됐어요. 너무 정신이 없어서 무슨 말을 해야 할지. 제가 아는 거라곤 무언가가 장난감 상자 속 용수철 인형마냥 불쑥 튀어나와 저를 로켓처럼 하늘로 날려 보냈다는 겁니다."

다른 이가 말했다.

"그랬지, 정말 하늘로 날아갔지."

이어지는 토끼의 목소리.

"아무래도 집을 불태워버려야겠어."

그래서 앨리스는 있는 힘을 다해 소리를 질렀다.

"그렇게 하기만 해! 다이나를 당장 네 앞에 풀어놓을 테니!"

곧장 쥐 죽은 듯 조용해졌다.

앨리스는 생각했다.

'이제 다들 어쩌려나? 생각이 있다면 지붕을 뜯어내겠지.'

잠시 뒤 다시 움직이는 소리가 들려더니 토끼의 목소리가 들려왔다.

"우선 수레 한 대면 되겠어."

'수레 한 대로 뭘 하겠다고?'

앨리스는 생각했다. 하지만 오랫동안 고민하진 않았다. 얼마 지나지 않아 작은 돌멩이들이 억수같이 창문에 부딪혀 요란한 소리를 냈고, 그중 몇 개는 앨리스의 얼굴에도 맞았기 때문이다.

"더는 못하게 해야지."

앨리스는 결심하고는 소리쳤다.

"그만하는 게 좋을 거예요!"

쥐 죽은 듯한 침묵이 또 한 차례 일었다.

그때 앨리스는 돌멩이들이 바닥에 닿자 작은 케이크로 변하는 걸 보고 흠칫 놀랐다. 이어 멋진 생각이 떠올랐다.

'저 케이크를 먹으면 내 몸에 분명 변화가 생길 거야. 이

보다 더 커질 수는 없을 테니 아마도 난 작아지겠지.'

그러고는 케이크 하나를 꿀꺽 삼켰다. 기쁘게도 앨리스는 이내 몸이 작아지기 시작했다. 문을 통과할 수 있을 만큼 작아지자 앨리스는 집 밖으로 냅다 뛰어나갔다. 그곳에는 작은 동물들과 새들이 모여 있었다.

가엾은 도마뱀 빌은 기니피그 두 마리가 부축하고 있었다. 기니피그들은 병에 든 것을 먹이려는 중이었다. 앨리스가 모습을 드러내자 동물들은 재빨리 그녀에게 달려들었지만, 앨리스는 있는 힘껏 울창한 숲으로 달아났다.

앨리스는 숲을 이리저리 헤매며 중얼거렸다.

"제일 먼저 해야 할 일은 나한테 꼭 알맞은 몸으로 다시 커지는 거야. 두 번째는 그 예쁜 정원으로 가는 길을 알아내는 거지. 이게 최고의 계획이라고 생각해."

물론 훌륭한 계획처럼 들렸다. 깔끔하고도 단순하게 나열되었으니까. 단 한 가지 문제점이 있다면 어떻게 시작해야 할지 모른다는 것이었다. 앨리스가 조심스럽게 나무 사이를 비집고 두리번거리니, 작고 날카로운 울음소리가 바로 머리 위에서 울려 퍼졌다. 앨리스는 허둥지둥 위를 올려다보았다.

어마어마하게 큰 강아지가 커다란 눈을 굴리며 앨리스 쪽으로 한 발을 소심하게 내밀었다. 마치 그녀를 만지려는 듯. 앨리스는 달래는 목소리로 말했다.

"가엾은 것 같으니!"

그러고는 강아지를 향해 최대한 크게 휘파람을 불어주려고 했다. 하지만 강아지가 굶주렸을지도 모른다는 생각에 순간 겁이 났다. 앨리스가 제아무리 달래준들 강아지는 자신을 잡아먹으려 들 테니까 말이다.

허둥대던 앨리스는 결국 작은 나뭇가지 하나를 집어 들어 강아지에게 내밀었다. 그러자 강아지는 좋아서 날뛰면서 재빨리 나뭇가지를 향해 몸을 날렸다. 그사이 앨리스는 재빨리 커다란 엉겅퀴 뒤로 몸을 숨겼다. 조금 뒤 반대편에서 앨리스가 나타나자 강아지는 이번에도 나뭇가지를 향해 달려들었고, 그것을 낚아채려고 머리부터 발끝까지 이리저리 나뒹굴었다. 앨리스는 문득 말과 장난을 치는 것만 같았다. 강아지의 발에 깔릴까봐 엉겅퀴 주위를 뛰어다니고 있으니 말이다.

강아지는 나뭇가지를 향해 몇 차례 더 돌진해 왔다가 뒤로 물러나는 동작을 반복하면서 나뭇가지를 물려고 했다. 그러다 마침내 숨을 헐떡이며 혀를 입 밖으로 내밀고는 주저앉았다. 덩그런 두 눈도 반쯤 감겼다.

앨리스는 이때다 싶어서 냅다 달리기 시작했다. 이윽고 강아지의 울음소리도 차츰 희미해졌다.

"그렇지만 정말 예쁜 강아지였어."

앨리스는 미나리아재비에 기대어 숨을 고르면서 말했다.

그러고는 풀잎 하나를 뜯어 부채질을 했다.

"재주를 가르쳐주면 좋았을 텐데. 내가 몸집만 적당했더라면 말이지. 아참! 내가 다시 커져야 한다는 걸 깜박할 뻔했잖아. 이제 어쩌면 좋지? 뭔가를 먹거나 마셔야 할 것 같은데. 그런데 문제는 그게 무엇일까?"

그것이 바로 중요한 문제였다.

앨리스는 주변의 꽃과 풀잎을 둘러보았지만 이 상황에서 먹거나 마시기에 적당해 보이는 것은 눈에 띄지 않았다. 그런데 바로 옆에 앨리스만큼 커다란 버섯이 서 있었다. 아래, 양옆, 뒤까지 요리조리 살펴보고 나자 문득 꼭대기에도 무엇이 있는지 궁금해졌다.

앨리스는 까치발을 하고 서서 버섯 위를 살펴보았다. 그러다가 커다랗고 푸른 애벌레와 눈이 딱 마주쳤다. 애벌레는 팔짱을 낀 채 버섯의 꼭대기에 앉아 앨리스나 그 어떤 것에도 무관심한 듯 긴 물담배만 뻐끔대고 있었다.

제5장
애벌레의 충고

애벌레와 앨리스는 한참 동안 말없이 서로를 바라보았다. 마침내 애벌레가 물담배를 입에서 빼더니 나른한 목소리로 말했다.

"넌 누구니?"

처음 건네는 말치고는 다정한 소리는 아니었지만 앨리스는 조심스럽게 대답했다.

"저도 잘 모르겠어요. 적어도 오늘 아침에 일어났을 땐 제가 누군지 알았는데, 그다음부터는 워낙 여러 차례 바뀌어서요."

애벌레가 무덤덤하게 물었다.

"그게 무슨 말이지? 잘 설명해보렴."

앨리스가 대답했다.

"잘 설명할 수가 없어요. 왜냐하면 전 제가 아니거든요. 잘 아시다시피."

"아니, 난 모르겠는데."

애벌레가 말했다.

앨리스가 아주 공손하게 대답했다.

"이보다 더 잘 설명할 수가 없어요. 왜냐하면 제 스스로도 이해하지 못하겠거든요. 하루에도 몸집이 자꾸만 달라지는 건 정말 혼란스러운 일이에요."

"아니, 그렇지 않은데."

애벌레가 말했다.

"좋아요, 아직 잘 몰라서 그러시겠지만, 당신도 번데기가 되었다가 어느 순간 나비가 된다고 생각해보세요. 묘한 기분이 들 테죠. 그렇지 않아요?"

"아니, 전혀."

애벌레가 대답했다.

"뭐, 당신은 조금 다르게 느낄지도 모르죠. 하지만 적어도 저는 묘한 기분이 든답니다."

"저는? 그래서 네가 누군데!"

애벌레가 앨리스를 깔보는 듯 말했다.

이렇게 해서 대화는 원점으로 돌아갔다. 애벌레의 성의 없는 대화법에 짜증이 난 앨리스는 몸을 꼿꼿이 펴고 힘주어 말했다.

"제 생각엔, 당신이 누구인지부터 알려줘야 할 것 같은데요."

"왜지?"

애벌레가 대꾸했다.

또 대답하기 애매한 질문이 돌아왔다. 앨리스는 그럴듯한 이유를 생각해내지 못했고, 애벌레도 심통이 난 듯했기 때문에 앨리스는 뒤돌아 걷기 시작했다.

"돌아오렴!"

애벌레가 앨리스를 불러 세웠다.

"너한테 들려줄 중요한 이야기가 있다고!"

솔깃해진 앨리스가 애벌레에게 되돌아갔다.

"성질 좀 죽여."

애벌레가 말했다.

앨리스가 치밀어 오르는 화를 꾹 누르며 물었다.

"할 말이 그거예요?"

"아니."

애벌레가 대답했다.

앨리스는 달리 할 일도 없었기 때문에 잠시 기다리기로 했다. 애벌레가 들어볼 가치가 있는 말을 할지도 모르지. 하지만 그 후로도 애벌레는 한참이나 아무 말 없이 담배만 뻐끔댔다. 이윽고 애벌레가 팔짱을 풀고 물담배를 입에서 꺼내면서 말했다.

"그래서, 네가 변한 것 같다고?"

"아무래도 그런 것 같아요. 기억이 전과 같지도 않고요. 게다가 10분도 채 안 돼서 몸이 작아졌다 커졌다 자꾸만 변해요."

앨리스가 대답했다.

"무슨 기억이 전과 같지 않다는 거지?"

애벌레가 물었다.

"아까 '꼬마 꿀벌들은 어떻게 할까?'를 외워보려고 했는데, 전부 틀리는 거예요."

앨리스가 서글픈 목소리로 대답했다.

"그럼 '당신은 늙었어요, 윌리엄 신부님'을 외워봐."

애벌레가 말했다.

앨리스가 두 손을 맞잡고 천천히 외우기 시작했다.

젊은이가 말했지.

"당신은 늙었어요, 윌리엄 신부님.

당신의 머리는 새하얀 백발.

그런데도 계속 물구나무를 서다니

그 나이에 어울린다 생각하세요?"

윌리엄 신부님이 젊은이에게 대답했네.

"내 젊을 적엔 말이지,

물구나무를 서면 머리가 다칠까 걱정했지.
하지만 지금은 텅 빈 머리뿐
계속한들 문제될 게 뭐가 있는가."

젊은이가 말했지.
"당신은 늙었어요, 윌리엄 신부님.
어디 그뿐이요? 몸집 또한 뚱뚱해졌어요.
그런데도 문간에서 공중제비를 넘으시니
대체 왜 그러시는 거예요?"

잿빛 수염 쓰다듬으며 현명한 신부님이 대답했네.
"내 젊을 적엔 말이지,
팔다리가 무척이나 유연했지.
모두 이 연고 덕분이라네.
한 통에 1실링!
자네도 몇 통 사두는 게 어때?"

젊은이가 말했지.
"당신은 늙었어요, 윌리엄 신부님.
턱은 약해서 비계보다 딱딱한 건 어림도 없죠.
그런데도 거위의 뼈와 부리까지 몽땅 드시니
대체 비법이 무엇인가요?"

윌리엄 신부님이 젊은이에게 대답했네.
"내 젊을 적엔 말이지,
아내와 사사건건 법률을 따지며 다퉜지.
그 덕에 턱에 힘이 붙어
지금까지 이러하다네."

젊은이가 말했지.
"당신은 늙었어요, 윌리엄 신부님.
모두들 당신 눈이 전과 같지 않다 하죠.
하지만 당신은 아직도 코끝으로 장어를 세운다지요.
대체 비법이 뭔가요?"

윌리엄 신부님이 대답했네.
"난 세 가지 질문에 답을 했네. 이제 그만 됐어!
이제 그만 까불어!
내가 그런 헛소리를 온종일 들을 것 같나?
꺼져! 안 그러면 된통 걷어차 줄 테니!"

"엉망진창이구나."
애벌레가 말했다.
"맞지 않다는 건 저도 알아요. 단어 몇 개가 바뀌었어요."
앨리스가 기어들어가는 목소리로 말했다.

"처음부터 끝까지 다 틀렸어."

애벌레가 딱 잘라 말했다. 그리고 한동안 둘 사이에 침묵이 흘렀다.

그러다 애벌레가 먼저 입을 열었다.

"어느 정도가 되고 싶은 거지?"

"그건 딱히 상관없어요. 그저 너무 자주 바뀌지만 않았으면 좋겠어요. 아시다시피."

"나는 잘 모르겠구나."

앨리스는 아무 말도 하지 않았다. 이토록 얼토당토않은 대화는 처음이었기 때문이다. 게다가 슬슬 화가 나기 시작했다.

"지금 키는 어때? 만족하니?"

애벌레가 물었다.

"조금 더 커졌으면 좋겠어요. 괜찮으시다면요. 사실 고작 8센티미터는 너무 볼품없잖아요."

앨리스가 말했다.

"딱 보기 좋은데 뭘 그러니!"

그렇게 말하면서 애벌레는 자신의 몸을 꼿꼿이 세웠다. (그의 길이는 정확히 8센티미터였다.)

"하지만 저는 적응이 안 된단 말이에요!"

가엾은 앨리스가 애원하듯 말했다. 그러면서 생각했다.

'동물들이 이렇게 쉽게 화를 안 내면 좋으련만.'

"곧 적응이 될 거야."

애벌레는 그렇게 말하고는 물담배를 다시 피워대기 시작했다.

애벌레가 다시 입을 열기까지 이번에는 꽤 오랜 인내심이 필요했다. 애벌레는 물담배를 입에서 뗀 다음 한두 차례 하품을 하고선 몸을 부르르 떨었다. 그러고는 버섯에서 내려와 잔디 속으로 사라졌다. 떠나는 길에 애벌레는 들릴 듯 말 듯한 소리로 중얼거렸다.

"한쪽은 널 크게 할 거고, 다른 쪽은 널 작아지게 할 거야."

'무엇의 한쪽이라는 거지? 그리고 다른 쪽은 어디라는 걸까?'

앨리스가 그렇게 생각한 순간, 마치 앨리스가 큰소리로 묻기라도 한 듯 애벌레가 말했다.

"버섯······."

그러고는 이내 모습을 감췄다.

앨리스는 잠시 동안 버섯을 뚫어지게 쳐다보며 그 두 쪽이 어디인지 알아내려 했다. 하지만 버섯이 완벽한 원형이다 보니 여간 어려운 게 아니었다. 이윽고 앨리스는 양팔을 최대한 멀리 뻗어서 양손으로 버섯의 가장자리를 조금씩 떼어 냈다.

앨리스는 오른손에 쥔 버섯 조각을 한 입 먹고 무슨 일이 벌어질까 상상해보았다. 그 순간 갑자기 턱 아래를 세게 얻어맞은 기분이 들었다. 턱이 발등에 부딪힌 것이다.

갑작스러운 변화에 앨리스는 화들짝 놀랐지만 머뭇거릴 틈이 없었다. 앨리스는 너무도 빠른 속도로 작아지고 있던 터라 다른 손에 쥔 버섯을 부랴부랴 먹었다. 턱이 발과 너무 가까이 붙어 있어서 입을 벌리기도 어려웠지만 가까스로 왼손에 쥐었던 버섯 조각을 삼킬 수 있었다.

* * *

"아, 드디어 머리를 움직일 수 있게 되었어!"

앨리스가 신이 나서 외쳤다.

하지만 이내 간담이 서늘해졌다. 어깨가 없다! 아래를 내려다보니 보이는 거라곤 길게 늘어난 목뿐이었다! 앨리스의 목은 저 아래 수풀 더미 위로 솟구쳐 올라와 있었다.

"저 푸른 것들은 뭐지? 내 어깨는 도대체 어디로 간 거야? 오, 가엾은 내 손! 너희를 볼 수 없으니 어쩌면 좋니!"

앨리스가 이렇게 말하며 손을 움직여봤지만, 저 아래 푸른 잎사귀들이 살랑거릴 뿐 아무런 반응이 없었다.

손을 머리 쪽으로 올릴 방법은 없을 것 같아서 앨리스는 손이 있는 쪽으로 머리를 숙여보기로 했다. 다행스럽게도 머리는 뱀처럼 어느 방향으로든 자유롭게 구부러졌다. 이리저리 목을 구부린 끝에 나뭇잎 사이로 불쑥 집어넣어 보았다. 물론 고작 조금 전 헤매고 다녔던 숲속의 나무 꼭대기를 보았을 뿐이었지만. 바로 그때, 쉭 하는 날카로운 소리가 들렸다. 커다란 비둘기 한 마리가 달려들어 두 날개로 앨리스의 얼굴을 사납게 후려친 것이다.

"뱀이다!"

비둘기가 소리쳤다.

앨리스는 잔뜩 화난 목소리로 말했다.

"난 뱀이 아니거든! 저리 가!"

비둘기가 다시 소리쳤다.

"뱀이야! 그렇잖아!"

비둘기는 똑같이 소리쳤지만 이번에는 조금 누그러진 목소리였다. 그런 다음 울먹이며 말했다.

"난 온갖 방법을 다 시도해봤지만 아무 소용이 없어!"

"난 네가 무슨 말을 하는지 전혀 모르겠어."

앨리스가 말했지만, 비둘기는 앨리스는 안중에도 없다는 듯 말을 이어갔다.

"나무뿌리, 그루터기, 산울타리까지 전부 시도해봤어. 하지만 뱀이란 녀석들은 정말! 난 도통 편한 날이 없다고!"

앨리스는 갈수록 어리둥절해졌다. 하지만 비둘기가 말을 끝마칠 때까지는 그 어떤 말을 한들 소용이 없을 것 같았다.

"알 품는 일도 고된데, 밤낮으로 뱀이 오나 감시해야 하다니! 지난 3주 동안 난 한숨도 못 잤어!"

앨리스는 그제야 비둘기가 무슨 말을 하는지 이해할 수 있었다.

"그렇구나. 정말 안됐다."

"그래서 가장 키가 큰 나무를 고른 거란 말이야! 하늘에서 꿈틀대며 떨어지지 않는 한 뱀이 여기까지 오는 건 어림없으니까! 이제야 자유롭게 되었다 생각했는데, 또 뱀이라니!"

비둘기가 고래고래 소리를 질렀다.

"하지만 난 뱀이 아니야. 맹세할 수 있어. 나는 말이지······ 나는······."

앨리스가 대꾸했다.

"그럼 넌 누군데? 너 둘러대려는 거 티 나거든!"

비둘기가 물었다.

"나, 나는 그냥······ 여자아이이야."

앨리스가 자신 없다는 듯 대답했다. 그도 그럴 것이 하루 동안 너무도 많은 변화가 있었던 터라 자신도 영 확신이 서지 않았기 때문이다.

그러자 비둘기가 비꼬듯 말했다.

"그럴듯한 이야기군! 난 이제껏 여자아이들을 정말 많이 봐왔어. 하지만 그 누구도 너처럼 목이 긴 사람은 없었지. 절대 없었어! 넌 뱀이야. 아니라고 해도 소용없어. 그냥 지금까지 새알을 한 번도 먹어본 적이 없다고 둘러대지 그래?"

"물론 새알을 먹어본 적 있어. 하지만 여자아이들도 뱀만큼이나 새알을 많이 먹는다고."

거짓말을 하지 않는 앨리스가 솔직하게 말했다.

"못 믿겠어. 하지만 그 아이들도 새알을 먹는다면 뱀이랑 다를 게 뭐야! 내 결론은 그래."

비둘기가 말했다.

앨리스는 한 번도 그렇게 생각해보지 않았던지라 잠시 말문이 막혔다. 비둘기는 그 틈을 타서 한마디 덧붙였다.

"넌 새알을 찾고 있었던 거야. 네 속이 훤히 다 보인다고. 그러니까 네가 여자아이든 뱀이든 나한테는 똑같은 셈이지."

"나한테는 같은 게 아니야. 난 새알을 찾고 있었던 게 아니야. 혹시 그랬다고 해도 네 알을 먹지는 않았을 거야. 난 새알을 날 것으로 먹지 않아."

앨리스가 황급히 대꾸했다.

"그래? 그럼 썩 가버려!"

비둘기는 퉁명스럽게 말하고는 다시 제 둥지로 날아가 버렸다.

앨리스는 나뭇가지에 목이 뒤엉켜 있었기 때문에 나무들 사이로 조심스럽게 몸을 움츠렸다. 주춤거리며 나뭇가지에 걸린 목을 풀던 앨리스는 손에 아직 버섯 조각을 쥐고 있다는 사실을 깨달았다. 그래서 양손에 쥔 버섯 조각을 조심스럽게 번갈아 베어 물었다. 몸집은 조금 커졌다 작아지길 반복했고, 마침내 원래의 키로 되돌아왔다.

원래의 키로 돌아온 게 하도 오랜만이어서인지 처음에는 묘한 기분이 들었다. 하지만 이내 적응이 되었고, 늘 그랬듯 다시 중얼대기 시작했다.

"자, 계획의 절반은 성공! 몸이 자꾸 변하니 정신이 하나도 없네! 몇 분 뒤에 내가 어떻게 될지 도통 알 수가 있어야지. 하지만 결국엔 제 키로 돌아왔어. 자, 다음은 그 예쁜 정원으로 가는 거야! 하지만 어떻게 가지?"

그렇게 말한 순간 갑자기 앨리스 눈앞에 드넓은 평지가 나타났다. 그곳에는 높이가 1미터 정도 되는 아담한 집 한 채가 있었다.

"이런 키로 만날 순 없어. 나를 보면 집주인이 놀라서 까무러치고 말 테니까."

그래서 앨리스는 오른손에 쥐고 있던 버섯을 조금 먹고는 키가 23센티미터 정도로 줄어들자 그 집을 향해 발걸음을 옮겼다.

제6장

돼지와 후춧가루

앨리스는 잠시 서서 그 집을 바라보며 이제는 어떻게 해야하나 궁리를 하고 있는데, 갑자기 숲속에서 제복을 입은 하인이 튀어나오더니 (앨리스는 그가 제복을 입고 있어서 하인일 것이라고 짐작했다. 얼굴만 보았다면 물고기라고 생각했을 것이다.) 주먹으로 문을 쾅쾅 두들겼다. 그러자 개구리처럼 얼굴이 동그랗고 눈이 큰, 제복을 입은 또 다른 하인이 문을 열었다. 두 하인은 모두 곱슬머리에 분가루를 잔뜩 묻힌 상태였다. 호기심이 생긴 앨리스는 숲속에서 나와 두 하인의 이야기를 엿들었다.

물고기 하인은 자신의 몸집만큼이나 큰 편지를 겨드랑이에서 꺼내 개구리 하인에게 건네주며 근엄한 목소리로 말했다.

"여왕님께서 공작 부인에게 보내신 크로케 경기 초대장이오."

그러자 개구리 하인도 근엄한 목소리로 물고기 하인이 한 말을 순서만 조금 바꿔서 똑같이 반복했다.

"공작 부인에게 여왕님께서 보내신 크로케 경기 초대장이군요."

두 하인이 서로를 향해 굽신 절을 하자 서로의 곱슬머리가 뒤엉키고 말았다.

이 광경을 본 앨리스는 웃음보가 터졌는데, 자신의 웃음소리가 들렸을지도 모른다는 생각에 재빨리 숲속으로 몸을 숨겼다. 잠시 후 고개를 내밀었을 때 물고기 하인은 더 이상 보이지 않았고, 개구리 하인만 문 옆 바닥에 주저앉아 멍하니 하늘을 올려다보고 있었다.

앨리스가 조심스레 다가가 문을 두드렸다.

"두드려봤자 소용없어. 이유는 두 가지야. 첫째는 너와 내가 둘 다 문 밖에 있기 때문이고, 둘째는 안이 너무 시끄러워서 아무도 문 두드리는 소리를 듣지 못하기 때문이야."

개구리 하인이 말했다.

안에서는 정말이지 시끄러운 소리가 흘러나왔다. 악을 쓰며 울부짖는 소리에 재채기 소리가 끊임없이 들렸고, 이따금씩 접시나 주전자가 와장창 박살 나는 소리도 들렸다.

"그럼 저 안으로 들어가려면 어떻게 하면 되죠?"

앨리스가 묻자 개구리 하인은 앨리스에게 눈길조차 주지 않은 채 중얼거렸다.

"우리 사이에 문이 있다면 문을 두드리는 게 도움이 되겠지. 예를 들어 네가 안에서 문을 두드리면 난 문을 열어서 너를 밖으로 내보내줄 수 있지. 알겠나?"

개구리 하인은 말하는 내내 하늘만 바라보았다. 앨리스는 이건 예의가 아니라고 생각했다.

"저분도 어쩔 수 없겠지. 눈이 저렇게 머리 꼭대기에 달려 있으니. 하지만 내 질문에 답은 해줘야 한다고."

앨리스는 혼자서 중얼거렸다. 그리고 큰소리로 다시 물었다.

"저 안으로 들어가려면 어떻게 해야 하죠?"

"난 여기에 앉아 있을 거야. 내일까지 말이야."

개구리 하인이 말했다.

바로 그때 문이 열리더니 커다란 접시가 하인의 머리를 향해 날아왔다. 하인의 코를 가까스로 비껴간 접시는 바로 뒤편에 있는 나무에 부딪혀 산산조각이 났다. 하지만 하인은 아무 일도 없었다는 듯 똑같은 목소리로 말을 이었다.

"아니면 그 다음날까지."

앨리스는 더 큰 목소리로 물었다.

"들어가려면 어떻게 하면 되냐고요!"

"네가 안으로 들어갈 수 있다고 생각하니? 이게 첫 번째 질문이어야 한다고 생각하지 않나?"

개구리 하인이 말했다.

듣고 보니 그러했다. 하지만 그런 말을 들으니 기분이 좋지는 않았다.

"여기선 왜 다들 이렇게 말꼬리를 잡는 거지? 정말 지겨워."

앨리스가 중얼거렸다.

했던 말을 반복하기에 지금이 안성맞춤이라 생각했는지 하인은 아까 했던 소리를 살짝 바꿔서 되풀이했다.

"난 여기 앉아 있을 거야. 나타났다가 사라졌다가 하면서 말이야. 며칠이고 그렇게 할 거야."

"그럼 난 어쩌라고요?"

앨리스가 물었다.

"네 마음대로 해."

하인은 이렇게 말하고는 휘파람을 불기 시작했다.

앨리스는 자포자기한 상태로 말했다.

"이분과는 상대할 가치가 없어. 완전 제멋대로야."

그러고는 문을 열고 안으로 들어갔다.

문을 열자 커다란 부엌이 나왔는데 연기로 자욱했다. 공작 부인은 부엌 한가운데에서 다리가 세 개 달린 의자에 앉아 아기를 돌보고 있었다. 요리사는 화덕 옆에서 허리를 굽혀 수프가 가득 든 커다란 솥을 휘젓고 있었다.

"저 수프에는 후추가 너무 많이 들어간 것 같은데."

앨리스가 재채기를 하면서 중얼거렸다.

후추는 분명 공기 중에도 떠돌고 있을 것이다. 공작 부인마저 재채기를 해댈 정도였으니. 아기 역시 연신 재채기를 해대며 울고 있었다. 재채기를 하지 않는 건 요리사와 화덕 옆에 앉아 있는 커다란 고양이뿐이었다. 고양이는 입이 찢어질 듯 웃고 있었다.

먼저 말을 거는 게 무례한 행동은 아닐까 걱정하며 앨리스가 조심스럽게 물었다.

"실례지만 저 고양이는 왜 저렇게 웃고 있나요?"

그러자 공작 부인이 대답했다.

"체셔 고양이*잖아. 그래서 그런 거야. 이 돼지야!"

공작 부인이 마지막 단어를 후려갈기듯 날렸던 터라 앨리스는 깜짝 놀라고 말았다. 그러나 이내 자기가 아니라 아기에게 한 말이었다는 걸 깨닫고는 용기를 내어 다시 말을 붙였다.

"체셔 고양이가 항상 웃는 줄은 몰랐어요. 사실 고양이가 웃는다는 것도 처음 알았는걸요."

"고양이도 웃을 수 있어. 실제로 대부분의 고양이가 웃는단다."

---

* 치즈로 유명한 영국 체셔 지방에서 치즈 가게 간판에 웃고 있는 고양이의 얼굴을 그려 넣은 데서 유래한 말이다. 항상 웃는 사람을 뜻한다.

공작 부인과 이야기를 할 수 있게 되어 기뻤던 앨리스는 매우 공손하게 말을 이어갔다.

"전 그런 건 전혀 몰랐어요."

"넌 모르는 게 많구나. 어쨌든 그렇단다."

공작 부인이 말했다.

앨리스는 공작 부인의 말투가 거슬렸지만 화제를 바꾸면 나아질 것이라고 생각했다. 앨리스가 무슨 이야기를 할까 고민하던 때에 요리사가 수프가 든 솥을 내려놓더니 갑자기 주위에서 손에 잡히는 대로 물건을 집어 들어 공작 부인과 아기를 향해 던지기 시작했다. 부지깽이가 제일 먼저 날아오더니 냄비가 뒤이어서 날아왔다. 그러고는 쟁반과 접시가 소낙비처럼 쏟아져 날아왔다. 공작 부인은 물건에 얻어맞고도 꿈쩍도 하지 않았고, 아기는 아까부터 울고 있던 터라 물건에 맞아서 우는 것인지 그냥 우는 것인지 가늠할 길이 없었다.

"무슨 짓이에요!"

앨리스가 겁에 질려 이리저리 뛰어다니며 소리쳤다.

"이러다가 아기의 예쁜 코에 맞겠어요!"

말도 안 되게 큰 냄비가 아기의 코를 아슬아슬하게 비껴지나갔다.

"모두들 제 일이나 신경 쓸 것이지. 그러면 세상은 지금보다 훨씬 더 빠르게 돌아갈 텐데."

공작 부인이 걸걸한 목소리로 투덜거렸다.

"그게 딱히 좋은 것만은 아니에요."

앨리스는 자신의 똑똑함을 뽐낼 순간을 포착하기라도 한 듯 으스대며 말했다.

"밤과 낮이 어떻게 될지 생각해보세요. 지구가 축을 중심으로 한 바퀴 도는 데 24시간이 걸리니까……."

"감히 도끼*라는 말을 입에 올려? 저 아이의 목을 도끼로 쳐라!"

공작 부인이 외쳤다.

앨리스는 도통 무슨 말인지 몰라서 요리사를 걱정스럽게 쳐다보았지만, 요리사는 수프를 젓느라 바쁜지 들은 척도 안 했다.

그래서 앨리스가 다시 입을 열었다.

"그러니까 24시간이에요. 제 생각에는 그래요. 아니, 12시간이었던가?"

"귀찮게 굴지 좀 말거라. 난 숫자는 정말 싫거든!"

공작 부인은 그렇게 말하더니 다시 아기를 어르기 시작했고 자장가 같은 것을 불러주었다. 한 소절 끝날 때마다 공작 부인은 아기를 거칠게 흔들었다.

---

* 영어로 '축'이라는 뜻의 'axis'와 '도끼'의 복수를 뜻하는 'axes'의 발음이 비슷하여 공작 부인이 잘못 알아들었다.

아기에게 모진 말을 내뱉어.
재채기하면 흠씬 패주고.
아기는 당신의 화를 돋우고 싶은 것뿐.
그게 재미있다는 걸 알고 있거든.

합창 (요리사와 아기도 함께)
와우! 와우! 와우!

공작 부인은 2절을 부를 때에도 아기를 위아래로 거칠게 흔들어댔다. 아기가 소리를 꽥꽥 지르니 앨리스는 도통 가사를 알아들을 수 없었다.

나는 아기에게 모진 말을 하곤 해.
재채기하면 흠씬 패주지.
그러면 아기는 언제든지
후추를 마음껏 즐길 수 있지.

합창
와우! 와우! 와우!

공작 부인이 안고 있던 아기를 앨리스에게 휙 던지며 말했다.

"여기 있어. 원한다면 아기를 돌봐도 좋아. 난 여왕님과 크로케 경기를 할 채비를 해야 하거든."

그러더니 공작 부인은 서둘러 부엌에서 나가버렸다. 요리사는 걸어 나가는 공작 부인을 향해 프라이팬을 냅다 던졌지만 아슬아슬하게 빗나갔다.

앨리스는 아기가 요상하게 생긴 데다가 팔다리를 사방으로 삐죽 내밀고 있었기 때문에 아기를 겨우 안고 있었다. 앨리스는 아기가 불가사리 같다고 생각했다. 가엾은 아기는 증기기관차의 엔진처럼 숨을 거칠게 몰아쉬면서 몸을 오므렸다가 곧게 펴곤 했다. 그러다 보니 한동안 아기를 제대로 안고 있기가 힘들었다.

아기를 제대로 안게 되자 (매듭으로 묶듯이 아기를 비틀어서 오른쪽 귀와 왼발을 꽉 졸라매듯 포갠다. 그러면 접쳐진 몸이 잘 풀리지 않는다.) 앨리스는 문 밖으로 나왔다.

"내가 이 아기를 데려가지 않으면 하루 이틀 내로 이 아기는 죽게 될 거야. 아기를 놔두고 가면 난 살인자와 다를 바가 없잖아!"

앨리스가 말을 마치자마자 아기는 대꾸하듯 꿀꿀거렸다. (그 무렵이 되자 재채기는 멈췄다.)

"꿀꿀거리지 마. 그런 의사 표현은 적절하지 않다고."

앨리스가 말했다. 하지만 아기가 다시 꿀꿀거리자 앨리스는 무슨 일이 있는가 하고 걱정스럽게 아기의 얼굴을 바라보았다. 아기의 코는 우뚝 솟아 있었는데 사람의 것이라 기보다는 돼지 코에 가까웠다. 눈도 아무리 아기라고 해도 너무 작았다. 앨리스는 아기의 생김새가 영 마음에 들지 않 았다.

"어쩌면 울어서 그런 것일지도 몰라."

앨리스는 아기의 눈을 다시 바라보았다. 혹여나 눈물방 울이 맺혀 있지는 않을까 해서 다시 보았지만 눈물은 고여 있지 않았다.

"얘야, 혹시 돼지로 변하려거든, 난 너랑 아무 상관없는 거야. 알았지?"

앨리스가 심각하게 말했다. 그러자 가엾은 아기는 다시 칭얼대기 시작했다. (어쩌면 꿀꿀거리는 것인지도 모른다. 어 느 쪽인지 가늠하기가 어려웠다.) 그리고 둘은 한동안 말없이 걷기만 했다.

앨리스는 다시 생각에 잠겼다.

'집에 가면 요 녀석은 어떻게 해야 하지?'

아기가 다시 꿀꿀거리기 시작하자 앨리스는 걱정스러운 표정으로 아기의 얼굴을 들여다보았다. 이번에는 틀림없 었다. 분명 돼지였다. 그렇다면 이 녀석을 계속 안고 다니는 건 정말 괴상한 일이란 생각이 들었다.

그래서 그 가엾은 것을 땅에 내려놓았더니 녀석은 이내 뒤뚱뒤뚱 숲속으로 사라져버렸다. 앨리스는 마음이 홀가분해졌다.

"저 애가 다 자라면 분명 끔찍하게 못생긴 아이가 됐을 거야. 하지만 돼지로 산다면 봐줄 만한 몰골일 테지."

앨리스가 중얼거렸다. 그러고는 자신이 알고 있는 다른 아이들에 대해 떠올리기 시작했다. 그중에는 돼지와 다를 바 없는 녀석도 있었다.

"누군가가 그 애들을 돼지로 제대로 바꿔놓을 비법만 안다면……."

바로 그때 앨리스는 저 앞 나뭇가지 위에 체셔 고양이가 앉아 있는 것을 보고 화들짝 놀라고 말았다.

고양이는 앨리스를 보자 그저 씩 미소를 지을 뿐이었다. 앨리스는 순한 고양이일 거라고 생각했다. 하지만 길쭉한 발톱과 뾰족한 이빨이 가득한 것을 보자 이내 상대에게 예를 갖추는 것이 좋겠다고 생각을 바꿨다.

"체셔 고양이야……."

앨리스가 우물쭈물하며 겨우 입을 열었다. 사실 그렇게 불러도 되는지 확신이 없었기 때문이다. 하지만 고양이는 입을 더욱 크게 벌려 웃을 뿐이었다.

'가만 보자, 지금까지는 기분이 좋은가봐.'

앨리스는 그렇게 생각하고 말을 걸어보기로 했다.

"실례지만 여기서 어디로 가면 되는지 알려줄 수 있겠니?"

고양이가 대꾸했다.

"그건 네가 어디로 가고 싶은지에 달려 있지."

"어느 곳이든 크게 상관없어."

앨리스가 말했다.

"그렇다면 어느 방향으로 가든 중요하지 않잖아."

고양이가 말했다.

"맞아. 어디로든 갈 수만 있다면."

앨리스가 설명을 덧붙이자 고양이가 말했다.

"그건 걱정하지 마. 걸어가다 보면 어디든 나올 테니."

틀린 말이 아니어서 앨리스는 다른 질문을 던졌다.

"이곳에는 어떤 사람들이 살고 있니?"

그러자 고양이가 오른발을 흔들며 말했다.

"이 방향으로 가면 모자 장수가 살아."

이번에는 왼발을 흔들며 말했다.

"저쪽으로 가면 삼월 토끼가 살지. 네가 가고 싶은 곳으로 가. 미친 건 둘 다 마찬가지니까."*

"하지만 미친 사람들은 만나고 싶지 않은데."

앨리스가 말했다.

"오, 그건 어쩔 수 없어. 여기서 우리는 모두 미쳤으니까.

---

* 영국에서는 모자 장수나 3월 토끼를 미친 사람의 비유로 쓴다. 3월에는 토끼들이 발정기가 되어 미쳐 날뛰기 때문이고, 예전의 모자 장수들은 수은 중독으로 미친 증세를 보이는 경우가 있었기 때문이다.

나도 그렇고, 너도 마찬가지야."

고양이가 말했다.

"내가 미친 걸 어떻게 알아?"

앨리스가 물었다.

"그럴 수밖에. 네가 미치지 않았다면 이곳에 오지 않았을 테니까."

고양이가 말했다.

앨리스는 말도 안 되는 소리라고 생각했지만 꾹 참고 물었다.

"그럼 네가 미친 건 어떻게 아는데?"

"우선 말이지, 개는 미치지 않았어. 그렇지?"

"아마도."

앨리스가 대답했다.

"좋아. 개는 화가 나면 으르렁거리고 기분이 좋으면 꼬리를 흔들어. 그런데 나는 기분이 좋으면 으르렁거리고 화가 나면 꼬리를 흔들어. 그러니 나는 미친 거지."

"그건 가르랑댄다고 하는 거야. 으르렁거리는 게 아니라."

앨리스가 말했다.

"네가 부르고 싶은 대로 부르렴. 너 오늘 여왕님과 크로케 경기를 하니?"

고양이가 물었다.

"그럴 수 있다면 정말 좋겠지만 아직 초대받지 못했어."

앨리스가 말했다.

"거기서 보자고!"

고양이는 이 말을 남기고는 사라져버렸다.

앨리스는 이제 놀라지 않았다. 지금까지 워낙 이상한 일들을 여러 차례 겪은 터라 익숙해졌기 때문이다. 고양이가 머물렀던 곳을 멍하니 바라보고 있노라니 고양이가 다시 불쑥 나타났다.

"그런데 말이야, 아기는 어떻게 되었지? 묻는 걸 깜박할 뻔했네."

"돼지로 변했어."

앨리스는 마치 고양이가 돌아온 게 아주 당연하다는 듯 태연하게 대답했다.

"그럴 줄 알았어."

고양이는 다시 사라졌다.

앨리스는 고양이가 또 나타나지 않을까 내심 기대하며 잠시 그곳에 머물렀지만 고양이는 더 이상 모습을 드러내지 않았다. 그래서 앨리스는 삼월 토끼가 산다는 곳으로 발걸음을 옮겼다.

"모자 장수는 전에도 본 적이 있으니까. 삼월 토끼가 훨씬 더 재미있을 거야. 게다가 지금은 5월이니 아무래도 3월만큼 완전히 미쳐 있지는 않겠지."

앨리스가 이렇게 중얼거리다가 위를 올려다보니 나뭇가지 위에 또 고양이가 보였다.

고양이가 불쑥 물었다.

"그런데 돼지라고 그랬니, 무화과라고 했니?"*

"돼지라고 했어. 그리고 자꾸 나타났다가 사라지는 것 좀 그만했으면 좋겠어. 너무 정신없어."

앨리스가 대답했다.

"알겠어."

고양이는 대답하더니 이번에는 꼬리 끝부분부터 천천히 사라지기 시작하더니 웃는 입이 맨 마지막에 사라졌다. 모습이 다 사라지고 난 다음에도 웃는 입은 한동안 그대로 남아 있었다.

'웃지 않는 고양이는 봤어도 고양이 없는 웃음이라니! 내가 지금껏 본 것 중 가장 특이한 일이야!'

앨리스는 생각했다.

조금 더 걸어가자 삼월 토끼의 집이 나타났다. 굴뚝이 토끼 귀 모양으로 되어 있고, 지붕은 털로 덮여 있었기 때문에 토끼의 집이 분명했다.

그런데 집이 워낙 거대했던 터라 앨리스는 왼손에 쥐고 있던 버섯 조각을 조금 먹고 키를 60센티미터 정도로 늘리

---

* 영어로 '돼지(pig)'와 '무화과(fig)'는 발음이 비슷하다.

고 나서야 다가갈 엄두를 낼 수 있었다.

　"토끼가 미쳐서 날뛰면 어쩌지. 차라리 모자 장수에게 갈
걸 그랬나봐."

제7장

엉망진창 다과회

그 집 앞에는 나무 아래 식탁이 차려져 있고, 삼월 토끼와 모자 장수가 그곳에서 차를 마시고 있었다. 겨울잠쥐는 그 사이에 끼어 앉아 잠들어 있었는데, 둘은 겨울잠쥐를 베개 삼아 팔꿈치를 걸치고는 그 머리 너머로 이야기를 주고받고 있었다.

'겨울잠쥐는 얼마나 불편할까. 하지만 잠이 들었으니 상관없을지도 몰라.'

앨리스는 생각했다.

식탁은 널찍했지만 셋은 한쪽 구석에 몰려 앉아 있었다.

앨리스가 다가가자 그들은 소리쳤다.

"자리 없어! 자리 없어!"

앨리스가 화를 벌컥 내며 말했다.

"자리 많잖아요!"

그러고는 식탁 끝에 놓여 있는 커다란 안락의자에 털썩 앉았다. 그러자 삼월 토끼가 분위기를 바꾸며 말했다.

"포도주 좀 들어."

앨리스는 식탁을 둘러보았으나 차 외에는 아무것도 보이지 않았다.

"포도주는 보이지 않는데요?"

"없으니까 그렇지."

삼월 토끼가 말했다.

"있지도 않은 걸 권하는 건 예의가 아니죠!"

앨리스가 화를 내며 말했다.

"초대 받지도 않았는데 자리를 차지하는 것도 예의는 아니라고 생각하는데."

삼월 토끼가 빈정대며 말했다.

"이 식탁이 당신들 것인 줄 몰랐어요! 게다가 셋보다 더 앉을 수 있는 자리가 이렇게나 많은데!"

앨리스가 말했다.

"너 머리 좀 잘라야겠다."

모자 장수가 말했다. 호기심 어린 눈길로 한참 동안이나 앨리스를 살펴보던 그가 내뱉은 첫마디였다.

"그런 개인적인 말은 함부로 하는 게 아니에요. 정말 무례하군요!"

앨리스가 쏘아붙였다.

그 말을 듣고 모자 장수는 눈을 동그랗게 떴다. 하지만 그가 내뱉은 말은 이랬다.

"까마귀는 왜 책상과 같을까?"

'오호라! 이거 좀 재밌겠는걸! 수수께끼는 언제나 즐거운 일이지.'

이렇게 생각한 앨리스는 큰소리로 대답했다.

"내가 맞힐 수 있을 것 같아요!"

"답을 맞힐 수 있다고?"

삼월 토끼가 물었다.

"그럼요."

앨리스가 말했다.

"그럼 어디 해보든지."

"물론이죠! 적어도, 적어도 말이죠, 나는 하는 말 그대로 생각한다고요. 그 말이 그 말이잖아요."

그러자 모자 장수가 말했다.

"아니, 전혀 같지 않아! '나는 내가 먹는 것을 본다'와 '나는 내가 보는 것을 먹는다'가 같다는 거야?"

"네 말대로라면 '나는 가진 것을 좋아한다'와 '나는 좋아하는 것을 가진다'가 같다는 말이잖아!"

삼월 토끼가 거들었다.

겨울잠쥐마저 잠꼬대를 하며 말했다.

"네 말대로라면 말이야, '나는 잠잘 때 숨 쉰다'와 '나는 숨 쉴 때 잠잔다'가 같다고?"

"네 말대로라면 같단 거야."

모자 장수가 말했다. 그러고는 대화가 끊겼고 잠시 어색한 침묵이 감돌았다. 그사이 앨리스는 까마귀와 책상에 대해 열심히 생각해보았지만 별 소득이 없었다.

먼저 침묵을 깬 건 모자 장수였다.

"오늘이 며칠이지?"

그가 앨리스를 바라보며 물었다. 그리고 주머니에서 시계를 꺼내 불안하게 바라보았다. 이따금씩 시계를 흔들거나 귀에 가져다 대기도 했다.

잠시 고민하던 앨리스가 말했다.

"4일이에요."

"이틀이나 안 맞다니!"

모자 장수가 한숨을 내쉬며 말했다. 그러고는 삼월 토끼에게 화를 내며 말했다.

"내가 버터는 도움이 안 될 거라고 했잖아!"

삼월 토끼가 기죽은 듯 대꾸했다.

"가장 좋은 버터였다고……."

"알아, 하지만 부스러기도 같이 들어간 게 분명해. 빵 칼로 버터를 바르는 게 아니었어."

모자 장수가 투덜대며 말했다.

삼월 토끼가 시계를 건네받더니 시무룩한 표정을 지었다. 그러고는 시계를 찻잔에 풍당 담갔다. 하지만 처음에 했던 말 외엔 달리 떠오르는 말이 없었는지, "그건 가장 좋은 버터였다고, 알아?"라고 반복할 뿐이었다.

호기심이 생긴 앨리스가 토끼의 어깨 너머로 시계를 보다가 말했다.

"재미난 시계네! 날짜만 있고 시간은 알려주지 않잖아!"

"그게 왜? 네 시계는 연도를 알려주기라도 하나봐?"

모자 장수가 중얼거렸다.

"물론, 아니죠. 하지만 한 해는 아주 오랜 시간 동안 같으니까 시계에 나올 필요가 없잖아요."

앨리스가 얼른 대답했다.

"내 시계가 바로 그런 경우이지."

모자 장수가 말했다.

앨리스는 어리둥절해졌다. 모자 장수의 말은 앞뒤가 맞지 않았지만 영어인 것만은 확실했다.

앨리스는 최대한 공손하게 말했다.

"무슨 말인지 잘 못 알아듣겠어요."

"겨울잠쥐가 또 잠이 들었군."

모자 장수가 겨울잠쥐의 코에 뜨거운 차를 붓자 겨울잠쥐는 눈을 감은 채 허둥지둥 고개를 흔들며 말했다.

"물론이야, 물론이야. 내가 하려던 말이 그거야."

모자 장수가 앨리스를 바라보며 말했다.

"수수께끼는 아직 못 풀었니?"

"아직 못 풀었어요. 정답이 뭐예요?"

"나도 전혀 모르겠는걸."

모자 장수가 대답했다. 그러자 삼월 토끼도 거들었다.

"나도 모르겠어."

앨리스가 맥이 빠진다는 듯 한숨을 내쉬었다.

"정답도 없는 수수께끼를 내느라 시간을 낭비하지 말고 좀 더 알차게 보내야죠."

"네가 나만큼 시간에 대해 잘 안다면, '시간'을 낭비한다는 말은 못 할 텐데. '그'를 낭비한다고 해야지."

모자 장수가 말했다.

"무슨 말인지 모르겠어요."

앨리스가 말하자 모자 장수가 깔보듯 고개를 치켜세우며 말했다.

"당연히 모르겠지! 넌 시간에게 말을 걸어본 적도 없을 거야!"

"아마도. 하지만 음악 시간에는 박자를 맞춰야 한다는 건 알아요."*

---

* 영어로 '박자를 맞추다'는 'beat time'으로, 여기에서 '시간'을 뜻하는 'time'과 말놀이를 이루고 있다.

앨리스가 조심스럽게 대답했다.

"그건 그렇겠지."

모자 장수가 말했다.

"그 녀석은 두들겨 맞는 걸 견디지 못하거든.* 네가 시간과 잘 지내기만 한다면 그는 네가 원하는 대로 맞춰줄 거야. 예를 들어 지금 오전 9시라고 하자. 수업을 시작해야 할 시간이지. 그러면 너는 시간에게 귓속말만 하면 돼. 그러면 눈 깜짝할 사이에 시침이 돌아가 있을 거야. 1시 30분으로 말이야. 밥 먹을 시간이 되는 거지!"

("그렇게만 된다면 좋겠구나." 삼월 토끼가 작게 소곤댔다.)

앨리스가 곰곰이 생각하더니 입을 열었다.

"그렇게만 된다면 분명 멋진 일이겠네요. 하지만 그땐 배가 고프지 않을 것 같아요. 그렇지 않나?"

"아마 처음엔 그렇겠지. 하지만 넌 원하는 만큼 1시 30분으로 붙들어둘 수도 있어."

모자 장수가 말했다.

"지금 그렇게 시간을 관리하고 있는 거예요?"

앨리스가 묻자 모자 장수가 슬픈 얼굴로 고개를 저었다.

"나는 아니야. 우리는 지난 3월에 크게 싸웠어. 저 녀석 정신이 나가기 바로 직전에 말이야. (모자 장수는 찻숟가락으

---

* 영어에서 beat는 '박자'와 '두들겨 패다'라는 의미를 모두 가지고 있다.

로 삼월 토끼를 가리켰다.) 하트 여왕님이 마련한 훌륭한 음악
회에서였지. 난 그때 이 노래를 불렀어."

반짝반짝 작은 박쥐!
어디 있는지 궁금해!

"이 노래 아니?"
"비슷한 걸 들어본 것 같아요."
앨리스가 대답했다.
"이렇게 이어지지."
모자 장수가 이어서 노래했다.

하늘을 나는 쟁반처럼
하늘 위로 날아올라
반짝반짝……

그때 겨울잠쥐가 몸을 뒤척이더니 잠꼬대를 하기 시작했
다. 하염없이 "반짝, 반짝, 반짝, 반짝,……" 하고 흥얼대기
에 입을 다물게 하려면 꼬집어주는 수밖에 없었다.
모자 장수가 말했다.
"그런데 내가 1절을 끝내기도 전에 여왕님이 벌떡 일어
나 '저자가 시간을 죽이고 있다! 당장 목을 쳐라!'라고 호통

을 치셨지.”

“너무 끔찍해요!”

앨리스가 소리쳤다.

모자 장수가 구슬프게 말을 이어갔다.

“그 이후로 시간은 내가 부탁하는 건 도통 들어주지 않아. 그래서 항상 6시야.”

그 말을 듣자 앨리스의 머릿속에 어떤 생각이 번뜩 떠올랐다.

“아, 그래서 찻잔이 이렇게 많이 있는 거예요?”

모자 장수가 한숨을 내쉬며 말했다.

“응, 그렇지. 항상 차 마실 시간이니까. 찻잔을 씻을 틈도 없는걸.”

“그럼 계속 자리만 옮겨 앉는 거예요?”

앨리스가 물었다.

“그렇지. 차를 다 마시면 옆자리로 이동하지.”

모자 장수가 말했다.

“그러다가 맨 처음 자리로 다시 돌아오면요?”

앨리스가 용기를 내어 물었다.

그러자 삼월 토끼가 하품을 해대며 말을 끊었다.

“화제를 바꾸는 게 어때? 너무 지루해서 말이야. 이제 숙녀께서 한마디하지.”

갑작스러운 제안에 앨리스가 당황해하며 말했다.

"하지만 딱히 할 이야기가 없는걸요."

그러자 모자 장수와 삼월 토끼가 함께 외쳤다.

"그럼 겨울잠쥐가 해봐! 일어나! 겨울잠쥐!"

그러고는 둘 사이에 끼어 앉은 겨울잠쥐를 양쪽에서 꼬집기 시작했다. 겨울잠쥐가 천천히 눈을 뜨며 쉰 목소리로 나지막하게 말했다.

"난 자고 있지 않았다고. 너희들이 하는 말을 하나도 빠짐없이 들었다니까!"

"이야기를 해봐."

삼월 토끼가 말했다.

"그래, 이야기를 해줘요."

앨리스도 간청했다.

모자 장수도 거들었다.

"뜸 들이지 말라고! 이야기를 마치기도 전에 또 잠들라!"

"옛날 옛적에 세 자매가 살았지……."

겨울잠쥐가 허둥지둥 이야기를 시작했다.

"이름은 엘시, 레이시, 틸리였어. 우물 밑에 살고 있었지."

"뭘 먹고 살았죠?"

먹고 마시는 문제라면 관심이 많은 앨리스가 물었다.

겨울잠쥐는 잠시 골똘히 생각하더니 대답했다.

"당밀*을 먹고 살았지."

앨리스가 부드럽게 지적했다.

"말도 안 되는 거 알죠? 그랬다면 바로 병이 났을 거예요."

"그랬지. 끙끙 앓았어."

겨울잠쥐가 대답했다.

앨리스는 그런 유별난 삶은 과연 어떨까 잠시 상상해보려 했지만 도무지 알 수 없어 다른 것을 물어보았다.

"그런데 왜 우물 밑에 살아요?"

"차 한 잔 더 마셔."

삼월 토끼가 앨리스에게 사뭇 진지하게 권했다.

"난 아직 한 잔도 안 마셨어요. 그런데 어떻게 '더' 마시라는 거예요?"

앨리스가 쏘아붙이듯 말했다.

"그럼 '덜' 마실 수도 없겠네. 아무것도 안 마시는 것보다 '더' 마시는 게 훨씬 쉽지."

모자 장수가 말하자 앨리스가 받아쳤다.

"당신 생각에는 관심 없거든요!"

"지금 개인적인 얘기로 끼어든 게 누구였더라?"

모자 장수가 의기양양하게 말했다.

앨리스는 딱히 할 말이 떠오르지 않았다. 그래서 하는 수

---

*   사탕수수나 사탕무에서 사탕을 뽑아내고 남은 액체이다.

없이 차를 홀짝이고는 버터 바른 빵을 먹은 뒤 겨울잠쥐를 보며 같은 질문을 반복했다.

"세 자매는 왜 우물 밑에 살아요?"

겨울잠쥐는 잠시 고민에 빠지더니 이윽고 입을 열었다.

"당밀로 만든 우물이었으니까."

"그런 게 어디 있어요!"

앨리스는 화가 치밀어 올랐지만 모자 장수와 삼월 토끼가 "쉿!" 하고 진정시켜 겨우 입을 다물었다.

"이렇게 무례하게 굴 거면 나머지 이야기는 네가 직접 해 보지 그래?"

겨울잠쥐가 짜증을 냈다.

앨리스가 미안해하며 말했다.

"아니에요, 계속해요. 다시는 방해하지 않을게요. 그런 우물도 분명 하나쯤은 있을 수 있죠."

"두말하면 잔소리지!"

겨울잠쥐가 살짝 화를 내면서도 이야기를 이어갔다.

"세 자매는 그곳에서 긷는 법을 배우고 있었어."

"긷는다니요? 뭘?"

앨리스는 조금 전에 했던 약속을 깜빡하고 또다시 물었다. 겨울잠쥐는 이번에는 망설임 없이 대답했다.

"당밀이지!"

그때 모자 장수가 끼어들었다.

"깨끗한 찻잔이 필요해. 자, 다들 한 자리씩 옆으로 이동하지."

모자 장수가 옆자리로 이동하자 겨울잠쥐가 모자 장수의 자리로 옮겨왔고, 삼월 토끼는 겨울잠쥐가 앉던 자리에 앉았다. 앨리스도 마지못해 삼월 토끼가 앉던 곳에 걸터앉았다. 자리 이동으로 득 보는 쪽은 모자 장수가 유일한 듯했다. 앨리스는 전보다 훨씬 나빠졌다. 방금 삼월 토끼가 접시에 우유를 엎질렀기 때문이다.

앨리스는 겨울잠쥐의 비위를 거스르고 싶지 않았던 터라 조심스럽게 물었다.

"하지만 나는 잘 모르겠어요. 당밀을 어디서 긷는다는 거죠?"

모자 장수가 대답했다.

"물이 있는 우물에서는 물을 긷는 거고, 당밀은 당밀이 있는 우물에서 긷는 거지. 너는 멍청하구나!"

앨리스는 모자 장수의 마지막 말은 못 들은 척하며 겨울잠쥐에게 말했다.

"하지만 세 자매는 우물 안에 살잖아요."

"물론 그랬지. 우물 안에 살았지."

겨울잠쥐가 말했다.

대답을 듣고 나니 가엾은 앨리스는 머릿속이 너무 복잡해져서 겨울잠쥐가 말하는 대로 내버려두기로 했다. 겨울잠쥐는 눈을 비비고 하품을 하면서 말을 이었다. 잠이 쏟아지기 시작한 모양이다.

"세 자매는 긷는 법을 배우던 중이었지. 그리고 오만 가지를 다 긷어 올렸어. M자로 시작하는 건 몽땅 다."

앨리스가 물었다.

"왜 M이에요?"

"안 될 이유도 없잖아!"

삼월 토끼의 말에 앨리스는 입을 다물었다.

그러는 사이 겨울잠쥐는 벌써 두 눈을 감은 채 꾸벅꾸벅 졸기 시작했다. 하지만 모자 장수가 꼬집자 몸을 부르르 떨며 화들짝 눈을 떴다. 그러고는 이야기를 계속했다.

"M으로 시작하는 건 쥐덫(mousetraps), 달(moon), 기억(memory), 많음(muchness) 같은 것이지. '많음'을 긷어 올리는 거 본 적 있어?"

이제 머릿속이 완전 뒤죽박죽된 앨리스가 말했다.

"글쎄, 난 본 적이 없는데……."

"그러면 입을 다물도록!"

모자 장수가 끼어들었다.

앨리스는 이런 무례함을 참을 수 없었다. 그래서 화를 내며 자리를 박차고 일어나 그 자리를 떠났다. 하지만 모자 장수와 삼월 토끼는 앨리스를 본 척 만 척했고, 겨울잠쥐는 이내 잠이 들었다. 앨리스는 혹시 자신을 다시 불러주지 않을까 내심 기대하며 두어 번 뒤돌아보았지만, 앨리스가 본 마지막 장면은 모자 장수와 삼월 토끼가 겨울잠쥐를 찻주전자에 집어넣으려고 애쓰는 모습이었다.

앨리스는 숲을 가로지르며 다짐했다.

"무슨 일이 있어도 저기는 다시 안 가! 내가 가본 다과회 중에 제일 말도 안 되는 곳이었어!"

이렇게 말하는 바로 그 순간, 나무 한 그루에서 문이 열리더니 안으로 통하는 길이 보였다.

'정말 이상하네. 하지만 오늘은 모든 게 별나잖아. 저기도 당장 들어가 봐야겠어.'

앨리스는 그렇게 생각하며 안으로 들어갔다.

앨리스 앞에는 또다시 기다란 복도가 펼쳐졌고, 작은 유리 탁자가 근처에 놓여 있었다.

"이번에는 잘할 수 있어."

앨리스가 혼자 중얼거리고는 작은 황금 열쇠를 집어 정원으로 이어지는 문을 열었다. 이제는 버섯을 먹을 차례였다. (주머니에 잘 넣어두고 있었다.) 키를 30센티미터 정도 줄인 다음에 작은 복도를 따라 내려갔다. 마침내 밝게 빛나는 꽃밭과 시원한 분수가 있는 멋진 정원에 이르렀다.

제8장

여왕의 크로케 경기장

정원 입구에는 커다란 장미나무가 한 그루 서 있었다. 나무에는 흰 장미가 피어 있었는데, 세 정원사가 그 주위를 에워싸고는 흰 장미를 붉은색으로 부지런히 칠하고 있었다. 앨리스는 너무 이상해서 가까이 다가갔다. 그러자 한 정원사의 목소리가 들렸다.

"이거 봐, 다섯! 나한테 물감 튀기지 말라고!"

"나도 어쩔 수가 없다고. 일곱이 내 팔꿈치를 쳤단 말이야."

다섯이 이죽대며 말했다.

그러자 아래에 있던 일곱이 올려다보며 말했다.

"어련하시겠어! 다섯, 넌 항상 남 탓만 하지!"

그러자 다섯이 맞받아쳤다.

"넌 좀 조용히 해줄래? 어제 여왕님이 뭐라고 하셨는 줄 알아? 네 목을 베어버리겠다고 하셨어."

다섯의 말에 먼저 입을 열었던 정원사가 물었다.

"뭣 때문에?"

"둘! 그건 네가 상관할 바가 아니잖아!"

일곱이 말했다.

"아니, 저 녀석도 알아야지. 내가 얘기해줄게. 일곱이 요리사에게 튤립 뿌리를 가져다주었기 때문이야. 양파가 아니고 말이지."

다섯이 말했다.

그러자 일곱이 들고 있던 붓을 획 던지며 말했다.

"정말 말도 안 돼⋯⋯."

그러다가 일곱은 자신들을 바라보고 있는 앨리스를 발견하고는 입을 꾹 다물었다. 일곱이 갑자기 말을 멈추자 나머지 두 정원사도 주위를 둘러보았고, 이내 모두가 앨리스를 향해 고개를 숙여 절을 했다.

"장미를 왜 칠하고 있어요?"

앨리스가 조심스럽게 물었다.

다섯과 일곱은 아무 말도 하지 않은 채 둘을 바라보았다. 둘이 낮은 목소리로 입을 열었다.

"사실은 말이지요, 아가씨, 여기 이 자리에는 붉은 장미가 있어야 하는데, 우리가 실수로 흰 장미를 심어버렸지 뭡니까. 만약 여왕님께서 이걸 아시면 저희는 모조리 목이 잘릴 겁니다. 그래서 우리는 최선을 다하고 있는 것이지요. 여왕님이 오시기 전까지……."

이때 초조하게 정원을 쭉을 살피던 다섯이 외쳤다.

"여왕이야! 여왕이다!"

그러자 세 정원사는 곧바로 머리를 땅바닥에 조아렸다. 수많은 발자국 소리가 들리자 앨리스는 여왕을 볼 생각에 흥분하며 고개를 돌렸다.

제일 먼저 나타난 것은 창을 든 열 명의 병사였다. 병사들은 모두 세 정원사처럼 길고 납작한 직사각형 모양이었는데, 네 귀퉁이에 팔과 다리가 달려 있었다. 뒤이어서 열 명의 신하들이 병사들처럼 둘씩 짝지어 걸어 나왔다. 이들은 다이아몬드 무늬로 치장하고 있었다. 신하들 뒤에는 열 명의 왕자와 공주 들이 뒤따라왔다. 귀여운 아이들은 둘씩 손을 맞잡고 즐겁게 뛰어왔는데, 하나같이 하트 모양 장신구로 단장을 하고 있었다. 드디어 높으신 분들이 등장할 차례. 왕과 여왕 들이 모습을 드러냈다.

그런데 그들 가운데 흰 토끼가 있었다. 흰 토끼는 초조하고 불안한 기색으로 대화를 나누었는데, 상대방이 무슨 말을 할 때마다 웃음을 짓느라 앨리스를 알아보지 못하고 그냥 지나쳤다. 그 뒤로는 왕관이 놓인 진홍 벨벳 쿠션을 받쳐 든 하트 잭이 걸어 나왔다. 이 웅장한 행렬의 끝에 이윽고 하트 왕과 하트 여왕이 모습을 드러냈다.

앨리스는 세 정원사처럼 자신도 엎드려 있어야 하는 건 아닌지 순간 고민했다. 하지만 왕의 행렬 앞에 그래야 하는 규율이 있다고 배운 기억이 없었다.

'만약 모두 머리를 땅에 처박고 엎드려 있다면 아무도 행렬을 볼 수 없단 거잖아.'

그래서 앨리스는 그 자리에 꼿꼿이 선 자세로 지켜보기로 했다. 행렬이 앨리스의 맞은편에 이르자 모두 발걸음을 멈추고 앨리스를 바라보았다. 여왕이 하트 잭에게 엄한 목소리로 물었다.

"저 아이는 누구지?"

그러나 하트 잭은 대답은 하지 않고 머리를 조아리며 웃어댈 뿐이었다.

"멍청한 놈!"

여왕은 짜증 난다는 듯 고개를 가로젓더니 앨리스를 바라보며 물었다.

"네 이름은 뭐냐?"

앨리스가 매우 공손하게 대답했다.

"제 이름은 앨리스입니다, 여왕 폐하."

그리고 혼잣말로 작게 중얼거렸다.

"그래 봤자 놀이에서나 쓰이는 카드 뭉치일 뿐인걸. 겁낼 것도 없지."

"이것들은 뭐지?"

여왕이 장미 나무 주위에 엎드려 있는 세 정원사를 가리키며 다시 물었다. 카드의 등 쪽 무늬는 다 똑같아서 땅바닥에 엎드려 고개를 파묻고 있으면 저들이 정원사인지, 병사인지, 하인인지, 제가 낳은 자식 중 세 명인지 분간할 수 없었기 때문이다.

"제가 어떻게 알아요? 제 알 바 아닌걸요."

앨리스는 그렇게 대답하고는 자신의 담대함에 본인도 깜짝 놀랐다.

화가 나 얼굴이 붉으락푸르락해진 여왕은 한동안 앨리스를 쏘아보더니 이내 소리쳤다.

"저 아이의 목을 쳐라!"

"말도 안 돼요!"

앨리스가 큰소리로 똑 부러지게 말했다.

여왕은 말문이 막히고 말았다. 그러자 왕이 여왕의 팔에 넌지시 손을 얹고는 조심스럽게 말했다.

"진정해요. 그저 어린애잖소."

그러나 화가 난 여왕은 왕을 뿌리치며 하트 잭에게 명령했다.

"저것들을 뒤집어라!"

하트 잭이 한 발로 조심스럽게 정원사들을 차례차례 뒤집었다.

“일어나!”

여왕의 날카로운 목소리에 세 정원사는 자리에서 벌떡 일어나 왕과 여왕, 왕자와 공주 그리고 모든 이들에게 굽신 거리며 고개를 숙였다.

“당장 그만두지 못해! 네놈들 때문에 내 머리가 다 어질 어질하구나!”

여왕이 소리를 꽥 질렀다. 그러고는 장미 나무 쪽을 바라 보며 물었다.

“대체 여기서 뭘 하고 있었던 거지?”

둘이 한쪽 무릎을 꿇고 매우 공손히 말했다.

“여왕 폐하, 송구하옵니다만, 저희는 그저…….”

그사이 장미꽃을 이리저리 살피던 여왕이 입을 열었다.

“알 만하구나. 저들의 목을 쳐라!”

그러고는 운이 없는 정원사들을 처형할 세 병사만 남겨 둔 채, 행렬은 다시 움직이기 시작했다. 정원사들이 엘리스 에게 살려달라고 애원했다.

“당신들 목이 베이는 일은 없을 거예요.”

앨리스가 그렇게 말하고는 정원사들을 근처에 놓인 커다 란 화분 속에 숨겨주었다. 세 병사는 한동안 정원사들을 찾 아 헤매더니 이내 다시 행렬을 따라가기 시작했다.

“그놈들 목을 베었느냐?”

여왕이 소리쳤다.

"그놈들 머리가 사라졌습니다, 여왕 폐하."

병사들이 대답했다.

"옳거니!"

여왕이 소리쳤다.

"너 크로케는 할 줄 아느냐?"

병사들은 앨리스를 쳐다보았다. 앨리스에게 물어본 게 뻔했기 때문이다.

"네, 그럼요!"

앨리스가 외쳤다.

이어지는 여왕의 고함 소리.

"그럼 따라오너라!"

앨리스는 이제 무슨 일이 벌어질지 궁금해하면서 행렬에 끼어들었다. 그때 옆에서 소곤대는 소리가 들렸다.

"정…… 정말 화창한 날씨야."

흰 토끼였다. 토끼는 불안에 떨며 앨리스를 힐끗 쳐다보았다.

"정말 그렇네요. 그런데 공작 부인은 어디 있어요?"

앨리스가 묻자 토끼가 낮은 목소리로 다급하게 말했다.

"쉿! 쉿!"

흰 토끼는 앨리스의 어깨 너머로 힐끗 보더니 까치발을 하고서 앨리스의 귀에 대고 속삭였다.

"공작 부인은 사형선고를 받았어."

"아니, 왜요?"

"방금 '안됐네요!'라고 했니?"

흰 토끼가 묻자 앨리스가 대답했다.

"아니, 그런 적 없어요. 안됐다고 생각할 만한 일은 아닌 듯하니까. 나는 '왜?'라고 물었어요."

"공작 부인이 여왕님의 뺨을 때렸거든."

토끼의 말을 듣고 앨리스는 낮은 소리로 킥킥거렸다.

"저런!"

그러자 토끼가 당황해하며 속삭였다

"여왕님이 듣겠어. 알다시피 공작 부인이 늦게 도착을 했는데 여왕님이 말씀하시기를……."

그때 여왕이 벼락처럼 우렁차게 외쳤다.

"모두 제자리로!"

그러자 사람들은 사방팔방으로 뛰기 시작했다. 하지만 이내 모두 자리를 잡고 경기가 시작되었다.

앨리스는 지금껏 이렇게 이상한 크로케 경기장은 본 적이 없다고 생각했다. 경기장 바닥은 온통 울퉁불퉁했다. 크로케 공은 살아 있는 고슴도치였고, 공을 치는 채는 살아 있는 홍학이었다. 병사들은 손과 발로 땅을 짚고 몸을 굽혀 반원 모양의 골대를 만들어야 했다.

가장 어려운 건 뭐니 뭐니 해도 홍학을 다루는 일이었다. 앨리스는 새의 몸뚱이를 겨드랑이에 꽉 끼어 잡은 뒤 두 다리는 아래로 자연스레 늘어뜨린 다음 홍학의 머리로 고슴도치를 날려버릴 태세를 갖추는 것까지는 성공했다. 그런데 고슴도치를 치려 하면 홍학이 고개를 돌려 어리둥절한 표정으로 앨리스의 얼굴을 빤히 쳐다보았다. 그 모습에 앨리스는 웃음이 터지고 말았다. 앨리스가 홍학의 머리를 다시 아래로 내리고 고슴도치를 날릴 자세를 취했지만, 이번에는 공처럼 말려 있던 고슴도치가 몸을 펴서 줄행랑을 치고 말았다. 어디 그뿐인가. 고슴도치를 날려 보내려는 곳이면 어디든 울퉁불퉁하지 않은 땅이 없었다. 게다가 골문 역할을 하는 병사들은 구부렸던 몸을 일으켜 다른 곳으로 가버리기 일쑤였다. 앨리스는 이건 정말 힘겨운 경기라고 결론을 내렸다.

선수들은 차례도 없이 모두 한꺼번에 경기를 하려 해서 다투었고, 고슴도치를 서로 차지하겠다고 싸웠다. 여왕은 이내 폭발해버렸고 고래고래 소리를 지르며 발을 동동 굴렀다. 그러고는 일 분에 한 번씩 "저놈의 목을 쳐라! 저 계집의 목을 쳐라!" 하고 고함을 질렀다.

앨리스는 점점 불안한 마음이 들었다. 지금껏 여왕과는 별다른 마찰이 없었는데, 이제 곧 사건 하나가 터질 것 같았기 때문이다.

'그러면 나는 어떻게 될까? 여기 사람들은 목 베는 걸 엄청 좋아하나봐. 정말 놀라운 건, 그런데도 살아 있는 이들이

있다는 거야.'

앨리스는 그렇게 생각하며 빠져나갈 궁리를 했다. 눈에 띄지 않게 달아날 방법은 없을까 이리저리 둘러보던 중 공중에 떠다니는 이상한 것이 눈에 띄었다. 처음에는 무엇인지 알아보지 못했지만, 자세히 살펴보니 그것은 웃는 입 모양이었다.

"체셔 고양이야. 드디어 이야기할 만한 상대가 나타났네!"

앨리스가 중얼거렸다.

"잘되어 가니?"

이윽고 말을 할 수 있을 정도로 입 모양이 드러나자 고양이가 말했다.

하지만 앨리스는 고양이 눈이 모습을 드러낼 때까지 기다렸다가 고개를 끄덕였다.

'말해봤자 의미 없어. 귀가 보일 때까진 말이야. 적어도 한쪽은 있어야 들을 것 아니야.'

앨리스는 그렇게 생각했다.

얼마 지나지 않아 머리 전체가 모습을 드러냈다. 그러자 앨리스는 홍학을 바닥에 내려놓고 크로케 경기에 대해 떠들기 시작했다. 자신의 이야기를 들어줄 누군가가 생겼다는 사실에 앨리스는 떨 듯이 기뻤다. 고양이는 이 정도만 있어도 된다고 생각했는지 더는 모습을 드러내지 않았다.

앨리스가 투덜대며 말했다.

"이 경기는 전혀 공정하지 않아. 게다가 어찌나 무시무시하게들 싸우는지, 내가 하는 말도 못 알아듣겠다니까. 그뿐이 아니야, 여기는 규칙도 없어. 하긴 있다 한들 누가 지키기나 할까. 그리고 온통 살아 있는 것들로 경기를 하려니 어찌나 헷갈리는지. 예를 들자면, 저쪽 끝에서부터 다음 구간까지 가려면 병사들이 몸을 구부려서 만든 반원 모양 골대를 지나야 하는데 골대가 걸어가 버려. 또 여왕의 고슴도치를 내 고슴도치로 치려는데, 글쎄 그게 내 고슴도치를 보면 줄행랑치기 바쁘다니까!"

"여왕은 마음에 들어?"

고양이가 낮은 목소리로 물었다.

"전혀. 여왕은 완전……."

그 순간 앨리스는 여왕이 바로 뒤에서 그녀의 말을 듣고 있다는 걸 알아챘다.

"이길 것 같아. 그래서 경기를 끝까지 할 필요도 없다니까."

그러자 여왕이 미소를 지으며 앨리스의 곁을 지나갔다.

왕은 허공에 떠 있는 고양이 얼굴을 발견하고는 기이하다는 듯 물었다.

"누구와 이야기를 하고 있던 거지?"

"제 친구 체셔 고양이에요. 소개시켜 드릴게요."

앨리스가 말했다.

"생긴 게 전혀 마음에 들지 않는구나. 하지만 원한다면 내 손등에 입맞춤하는 건 허락하지."

"별로 그러고 싶지 않은데요."

고양이가 얼른 대답했다.

"무례하구나. 그런 표정으로 나를 쳐다보지 말거라!"

왕은 이렇게 말하면서 앨리스 뒤로 몸을 옮겼다.

그러자 앨리스가 말했다.

"고양이도 왕을 쳐다볼 수 있어요.* 어떤 책에서 읽었어요. 어디였는지 기억은 안 나지만."

"어쨌든 저걸 없애야겠다."

왕이 단호하게 말하더니 때마침 곁을 지나가던 여왕을 불렀다.

"여왕, 저 고양이를 없애주길 바라오!"

여왕은 큰일이든 작은 일이든 딱 한 가지 방법으로 모든 문제를 해결했다.

"저놈의 목을 쳐라!"

여왕은 뒤도 돌아보지 않고 명령했다.

그러자 왕이 신이 나서 말했다.

"망나니는 내가 데려오리다."

그러고는 총총걸음으로 사라졌다.

* 아랫사람도 윗사람에게 무슨 말이든 할 자유가 있다는 뜻의 영국 속담이다.

앨리스는 경기가 어떻게 진행되고 있는지 살펴봐야겠다고 생각했다. 저 멀리서 여왕이 고함치는 소리가 들렸기 때문이다. 여왕이 자기 차례를 놓쳤다는 이유로 세 선수의 목을 치라고 명령하는 소리를 들은 터였다. 그러면서도 또 한편으로는 경기가 뒤죽박죽이어서 제 차례가 언제인지 도통 알 수가 없었기 때문에 마음에 들지 않았다. 그래서 앨리스는 자신의 고슴도치를 찾아 나섰다.

앨리스의 고슴도치는 다른 고슴도치와 싸우고 있었다. 앨리스는 지금이 둘 중 한 마리를 쳐서 이길 수 있는 딱 좋은 시점이라고 생각했다. 하지만 문제는 앨리스의 홍학이 정원 반대편으로 가버렸다는 것이다. 홍학은 나무 위로 날아오르려고 버둥거리고 있었다.

앨리스가 홍학을 붙잡아 돌아왔을 때에는 고슴도치들은 이미 싸움을 끝내고 사라진 뒤였다.

'하지만 별로 상관없어. 골대가 되어주던 병사들도 이젠 여기에 없는걸.'

앨리스는 그렇게 생각하며 잡아온 홍학이 도망가지 못하도록 겨드랑이에 바짝 끼우고 친구와 다시 수다를 떨려고 발길을 옮겼다.

앨리스가 체셔 고양이가 있던 곳으로 돌아와 보니, 놀랍게도 고양이 주위에 사람들이 웅성대고 있었다. 망나니와 왕, 여왕이 말다툼을 하고 있었는데, 나머지는 모두 입을 꾹

113

다문 채 곤란한 표정을 짓고 있었다.

앨리스가 나타하자 셋은 문제를 해결해달라며 앨리스에게 애원하기 시작했다. 그러고는 자신들의 주장을 쏟아놓았다. 하지만 셋 다 동시에 떠들어대는 바람에 누가 무슨 말을 하는지 알아들을 수가 없었다.

우선 망나니의 주장은 이러했다. 목을 베려면 몸뚱이가 있어야 한다는 것이다. 한 번도 이런 일을 해본 적이 없고, 이제 와서 그런 일을 시작할 수는 없다고 했다.

왕의 입장은 다음과 같았다. 머리가 있으면 다 벨 수 있으니 헛소리는 집어치우라는 것!

여왕은 뭐든 즉시 처리하지 않으면 여기 모인 이들의 목을 전부 베어버린다고 했다. (바로 이 엄포 때문에 모두 슬프고 조마조마한 표정을 짓고 있었던 것이다.)

앨리스는 무슨 말을 해야 할지 알 수 없어서 이렇게 한마디했다.

"이 고양이는 공작 부인의 것이니까 그분에게 물어보는게 좋을 것 같아요."

그러자 여왕이 망나니에게 말했다.

"공작 부인은 감옥에 있어. 당장 가서 끌고 와!"

망나니는 쏜살같이 자리를 떴다.

그런데 망나니가 떠나자 고양이의 머리가 조금씩 희미해지기 시작하더니 망나니가 공작 부인을 끌고 왔을 무렵에는 이미 흔적도 없이 사라져버렸다. 왕과 망나니는 고양이 머리를 찾아 이리저리 뛰어다녔고, 그러는 동안 나머지는 다시 크로케 경기를 하러 흩어졌다.

제9장

가짜 거북 이야기

공작 부인이 다가와 앨리스의 팔짱을 끼며 말했다.

"다시 만나게 되어 얼마나 기쁜지 몰라. 오랜 벗 같으니!"

앨리스는 공작 부인의 상냥한 모습을 보게 되어 좋았다. 아마도 부엌에서 마주쳤을 땐 그저 후추 때문에 그렇게 성격이 고약했던 것이 아니었을까 생각했다.

앨리스가 중얼거렸다.

"내가 공작 부인이 되면 (딱히 원하는 말투는 아니었다.) 부엌에 후추 따위는 두지 않을 테야. 그런 것 없이도 수프 맛내는 데 아무 문제없거든. 후추가 사람들의 성격을 고약하게 만드는 게 분명해."

그러고는 새로운 규칙을 알게 되어 신이 난 듯 계속 말을 이어갔다.

"그리고 식초는 사람들을 신랄하게 만들고, 캐머마일은 쓰라리게 하지. 설탕과 사탕은 아이들을 온순하게 만들어. 사람들이 이 사실을 알아차려야 할 텐데. 그러면 설탕 살 때 그렇게 돈 아까워하지는 않을 테니 말이야."

이쯤 되자 앨리스는 공작 부인에 대해서는 거의 잊어버리고 말았다. 바로 뒤에서 그녀의 목소리가 들리자 앨리스는 화들짝 놀랐다.

"무슨 생각을 그렇게 골똘히 하지? 할 말을 잊게 할 정도로 말이야. 지금 이 일이 주는 교훈을 알려줄 수 없지만 곧 기억이 날 거다."

앨리스가 용기를 내어 한마디했다.

"아무런 교훈이 없을 수도 있지요."

"이런, 얘야! 모든 일에는 교훈이 있는 법이야. 네가 깨닫지 못한 것뿐이지."

공작 부인은 앨리스 곁에 바짝 다가와 말했다.

앨리스는 공작 부인과 이렇게 가까이 있는 게 그렇게 좋지는 않았다. 우선 공작 부인이 너무도 못생겼기 때문이었고, 둘째는 공작 부인의 키가 앨리스의 어깨에 턱을 올려놓기 딱 좋을 정도였는데 그 턱이 워낙 뾰족했던지라 너무 불편했기 때문이다. 그럼에도 앨리스는 실례가 될까 싶어서 꾹 참고 있었다.

대화를 조금이라도 이어가야 할 것 같아서 앨리스가 입

을 열었다.

"크로케 경기는 이제 잘되고 있나봐요."

그러자 공작 부인이 말했다.

"그렇구나. 그것이 주는 교훈은 '사랑이여, 사랑이여, 이 것이야말로 세상을 돌아가게 하는구나!'가 되겠구나."

"누가 그러는데요, 사람들이 자기 일에나 신경 쓰면 세상 이 지금보다 빨리 돌아가게 된다고요."

엘리스가 속삭였다.

"그래 맞아! 내 말이 바로 그 말이지! 그것이 주는 교훈은 '정신만 바짝 차리면 말은 알아서 나온다'라는 거야."

공작 부인이 그 뾰족한 턱으로 엘리스의 어깨를 콕콕 찔 러대며 덧붙였다.

'공작 부인은 어디에든 죄다 교훈을 갖다 붙이나봐!'

엘리스가 속으로 생각했다.

공작 부인이 잠시 멈칫하더니 다시 말을 이어갔다.

"내가 왜 네 허리춤에 팔을 두르지 않는지 의아하겠구나. 난 네 홍학이 어떤 성질인지 알 수가 없잖니. 한번 실험을 해볼까?"

"물지도 몰라요."

엘리스는 달갑지 않아서 조심스럽게 대꾸했다.

"맞아. 홍학과 겨자는 물지도 몰라.* 여기서의 교훈은, 유
유상종이지."

그러자 앨리스가 맞받아쳤다.

"겨자는 새가 아닌걸요."

"맞아. 너는 참 똑똑하구나."

공작 부인이 말했다.

"겨자는 광물이라고 생각해요."

"맞아, 그렇고말고."

공작 부인은 앨리스가 하는 말에는 무조건 동의하려고
작정한 듯했다.

"여기서 멀지 않은 곳에 커다란 겨자 광산**이 있지. 여기
서 말하는 교훈은, 내 것이 많아지면 네 것은 그만큼 줄어든
다는 거야."

마지막 문구는 놓치고 만 앨리스가 큰소리로 말했다.

"생각났어요! 겨자는 채소예요. 그렇게 보이지는 않지만
사실은 그렇답니다."

"나도 동의해."

공작 부인이 말했다.

"여기서 말하는 교훈은, 겉으로 보이는 것과······. 음, 좀

---

*   '물다'와 '맵다'는 영어로 'bite'라는 단어를 쓴다.
**   영어 'mine'은 '광산'과 '나의 것'이라는 두 가지 뜻을 지녔다.

더 쉽게 표현하자면, 네가 무엇이든, 무엇이 될 수 있었든, 과거에 무엇이었든, 다른 이들에게 달리 보일 수 있었을지도 모를 모습이 아니지 않는 한 타인에게 비칠지도 모르는 모습으로 스스로를 상상하지 말라는 거지."

앨리스가 공손히 말했다.

"실례지만 무슨 말인지 못 알아듣겠어요. 적어놓고 본다면 또 모를까, 듣기만 해서는 무슨 말인지 잘 모르겠어요."

"내가 원래 하고자 했던 말에 비하면 이건 아무것도 아니란다."

공작 부인이 우쭐대며 말했다.

"굳이 더 복잡하게 말하려고 애쓰실 필요는 없을 것 같아요."

"애쓴다고? 전혀! 지금까지 내가 한 말은 모두 너에게 선물로 줄게."

공작 부인이 말했다.

'완전 싸구려 선물이잖아. 그런 걸 생일 선물로 받지 않아서 천만다행이야.'

앨리스는 그렇게 생각했지만, 입을 꾹 다물고 아무 말도 하지 않았다.

"또 생각 중인 거니?"

공작 부인이 뾰족한 턱으로 앨리스의 어깨를 콕콕 찌르며 말했다.

"저도 생각할 권리가 있다고요!"

앨리스가 짜증이 나서 쏘아붙였다.

"그래, 돼지도 하늘을 날아다닐 권리가 있지. 그 말이 주는 교……."

갑자기 공작 부인의 목소리가 잦아들었다. 그것도 공작 부인이 가장 좋아하는 단어인 '교훈'이 딱 등장해야 하는 바로 그 절묘한 순간에! 게다가 앨리스에게 팔짱을 끼고 있던 공작 부인의 팔이 부들부들 떨기 시작했다. 앨리스가 위를 올려다보니 여왕이 일그러진 얼굴로 팔짱을 낀 채 내려다보고 있었다.

"좋은 날입니다, 여왕 폐하……."

공작 부인이 기어들어 가는 목소리로 말했다.

"내가 경고하노니! 네가 내 눈 앞에서 사라지든지, 네 모가지가 날아가든지 둘 중 하나이다! 뜸 들이지 말고 당장 결정해!"

여왕은 발을 쿵쿵 구르며 소리쳤다.

공작 부인은 두말할 것도 없이 냅다 도망쳤다.

"경기를 계속 하자꾸나."

여왕이 앨리스에게 말했다.

앨리스는 겁에 질려 한마디도 못한 채 여왕을 쫓아 크로케 경기장으로 향하는 수밖에 없었다.

한편 여왕이 자리를 비운 틈을 타서 나무 그늘에서 쉬고 있던 다른 손님들은 여왕이 나타나자 허겁지겁 경기를 시작했다. 여왕은 조금이라도 뜸을 들였다간 죄다 목을 벨 거라고 엄포를 놓았다.

크로케 경기 내내 여왕은 다른 선수들에게 끊임없이 시비를 걸었고, "저놈의 목을 쳐라!"라고 외치거나 "저 계집의 목을 쳐라!"라고 고래고래 소리를 질렀다. 사형선고를 받은 이들은 병사들에게 붙들려 감옥에 갇혔다. 골문 역할을 하던 병사들이 하나둘씩 죄인을 끌고 감옥으로 가버리니 30분쯤 지나자 골문 역할을 할 병사가 하나도 남지 않았다. 왕과 여왕, 앨리스를 제외한 모든 이들이 사형선고를 받아 감옥에 갇히고 말았다.

마침내 여왕은 경기를 중단시키고 숨을 헐떡이며 앨리스에게 물었다.

"가짜 거북을 본 적 있느냐?"

"아니오. 가짜 거북이 뭔지도 모르는걸요."

앨리스가 대답했다.

"가짜 거북 수프를 만드는 재료지."

여왕이 말했다.

"저는 본 적도, 들어본 적도 없어요."

"그럼 따라오렴. 거북이 제 이야기를 들려줄 테니."

그러고는 여왕과 함께 발걸음을 옮겼다. 앨리스는 왕이 죄수들에게 목소리를 낮춰 말하는 것을 들을 수 있었다.

"너희들을 용서하노라."

"정말 잘된 일이야."

앨리스가 중얼거렸다. 여왕이 명령을 내렸다는 이유로 수많은 이들이 벌을 받아야 한다는 사실에 기분이 언짢았기 때문이다.

이윽고 두 사람은 그리핀*과 마주쳤다. 그리핀은 햇살을 받으며 꾸벅꾸벅 졸고 있었다.

여왕이 말했다.

"일어나! 게으른 녀석 같으니! 이 꼬마 아가씨를 가짜 거북에게 데려가 만나게 해주고, 거북의 사연을 듣게 해줘. 난 돌아가서 내가 명령한 사형선고가 집행되고 있는지 확인해야 하니까."

앨리스와 그리핀만 남긴 채 여왕은 사라졌다.

앨리스는 그리핀의 생김새가 마음에 들지 않았다. 하지만 무시무시한 여왕을 뒤따라가는 것보다는 그리핀과 같이 있는 게 안전할 거라는 생각이 들었다.

그리핀은 몸을 일으키더니 눈을 비볐다. 그러고는 여왕의 모습이 완전히 사라질 때까지 지켜보았다. 그런 뒤 낄낄거리며 웃었다.

"정말 웃겨!"

---

* 그리스 신화에 나오는 상상의 동물로, 사자의 몸에 독수리의 머리와 날개를 지녔다.

그리핀이 앨리스에게 이야기하듯 중얼거렸다.

"뭐가 웃기다는 거죠?"

앨리스가 묻자 그리핀이 말했다.

"저 여자 말이야. 전부 저 여자 혼자 착각하는 거야. 그 누구도 사형당하지 않는다고. 자, 따라와!"

'여기서는 다들 따라오라고 하는군. 지금까지 이렇게 명령만 받기는 처음이야, 정말.'

앨리스는 그리핀 뒤를 졸졸 따라가며 생각했다.

몇 발자국 걷다보니 저 멀리 가짜 거북이 보였다. 가짜 거북은 침울한 표정으로 바위 위에 홀로 앉아 있었다. 앨리스가 가까이 다가갔을 때 가짜 거북은 땅이 꺼질세라 한숨을 내쉬었다.

앨리스는 거북이 너무 안쓰러워서 그리핀에게 물었다.

"왜 저렇게 슬퍼하는 거죠?"

"전부 혼자 착각하는 거야. 가짜 거북은 실제로는 하나도 안 슬퍼. 자, 따라와!"

그리핀은 조금 전 자신이 했던 말과 똑같이 말했다.

둘은 가짜 거북에게 다가갔다. 가짜 거북은 눈물을 글썽이며 쳐다보았지만 입은 꾹 다문 채였다.

그리핀이 말했다.

"이 꼬마 아가씨가 네 이야기를 듣고 싶다는군."

"그럼 이야기를 해주지. 둘 다 앉아. 그리고 내가 말을 마칠 때까지 아무 말도 하지 마."

가짜 거북이 깊고 나지막한 목소리로 말했다.

그래서 앨리스와 그리핀은 입을 다물고 한참 동안 앉아 있었다.

'시작조차 않는데 대체 무슨 수로 끝내겠어?'

앨리스는 그렇게 생각했지만 침착하게 기다렸다.

마침내 가짜 거북이 한숨을 쉬며 입을 열었다.

"한때, 나는 진짜 거북이였어."

그러고 나서도 한참 동안 아무 말도 하지 않았다. 이따금씩 그리핀이 "흐르즈크!"라고 신음 소리를 내뱉었고, 가짜 거북이 꺼억꺼억 흐느끼는 소리만 울려 퍼졌다. 앨리스는 하마터면 자리를 박차고 일어나서 "네, 감사합니다. 흥미진진한 이야기 잘 들었습니다."라고 말할 뻔했지만 분명 뒷이야기가 더 있을 거란 생각에 잠자코 기다리기로 했다.

마침내 가짜 거북이 더욱 나지막한 어조로 입을 열었다. 물론 중간중간에 훌쩍이기는 했다.

"우리가 어렸을 적엔 말이지, 바다에 있는 학교를 다녔어. 선생님은 늙은 거북이였는데, 우리는 그를 '민물 거북'이라고 불렀지."

앨리스가 물었다.

"민물에 살지도 않는데 왜 민물 거북*이라고 부른 거예요?"

"우리를 가르쳤으니까 민물 거북이라고 부른 거지! 넌 정말 멍청하구나!"

가짜 거북이 쏘아붙였다.

"그렇게 쉬운 질문을 하다니 부끄러운 줄 알아."

그리핀도 거들었다. 그러고는 둘이 잠자코 앉아 가엾은 앨리스를 빤히 쳐다보았다. 앨리스는 쥐구멍에라도 들어가고 싶은 심정이었다.

잠시 뒤 그리핀이 다시 입을 열었다.

"이봐, 오랜 벗! 너무 마음에 담아두지 말게."

가짜 거북은 말을 이어갔다.

"우리는 바다에 있는 학교를 다녔지. 믿기 어렵겠지만 말이야."

"믿기 어렵다고 말한 적 없어요!"

앨리스가 끼어들었다.

"넌 그랬어."

가짜 거북이 말했다.

앨리스가 또 한마디 하려는데 그리핀이 끼어들었다.

---

* 영어로 '민물 거북'을 뜻하는 'tortoise'와 '우리를 가르쳤다'를 의미하는 'taught us'는 발음이 유사하다.

"그만해!"

가짜 거북이 이야기를 이어갔다.

"우리는 최고의 교육을 받았지. 매일 학교에 갔거든."

"나도 날마다 학교에 다니고 있어요. 그건 자랑스러워할 만한 게 아닌데요."

앨리스의 말에 가짜 거북이 조바심을 내며 물었다.

"방과 후 수업도 있고?"

"물론이죠. 프랑스어와 음악을 배웠어요."

앨리스가 말했다.

"그러면 목욕은?"

가짜 거북이 또 물었다.

"당연히 아니지요!"

앨리스가 벌컥 화를 내며 말했다.

그러자 가짜 거북은 안도하는 듯한 목소리로 말했다.

"그렇다면 너희 학교는 그다지 좋은 학교가 아니군. 우리 학교에서 보낸 수업료 고지서에는 '프랑스어, 음악, 목욕-방과 후 수업'이라고 적혀 있었어."

"바닷속에 살면 그런 수업은 그다지 필요해 보이지 않는 걸요."

앨리스가 대꾸했다.

"난 방과 후 수업료를 낼 돈이 없었어. 그래서 정규 수업만 들었지."

가짜 거북이 한숨을 내쉬며 말했다.

"정규 수업 때는 뭘 배웠어요?"

앨리스가 물었다.

"당연히 몸통 배배 꼬기와 헤엄치기 등이었지. 그리고 수학에서 뻗어 나온 과목인 야망, 혼란, 추화와 조롱이 있었지."*

앨리스가 용기를 내어 물었다.

"추화라는 말은 들어본 적이 없어요. 그게 뭔가요?"

그러자 그리핀이 깜짝 놀라며 두 발을 쳐들고는 외쳤다.

"추화를 들어본 적이 없다고? 미화는 들어봤겠지?"

"네. 무언가를 어…… 더욱…… 그러니까…… 아름답게 만든다는 뜻이잖아요."

앨리스가 반신반의하며 대답했다.

"맞아. 그런데 추화가 무엇인지 모른다고? 너는 정말 돌머리구나!"

그리핀이 말했다.

앨리스는 이에 대해 더는 물어볼 용기가 나지 않아서 가짜 거북을 바라보며 말했다.

"다른 건 또 뭘 배웠어요?"

---

* 영어의 읽기, 쓰기, 더하기, 빼기, 곱하기, 나누기(reading, writing, addition, subtraction, multiplication, division)를 비슷한 발음(reeling, writhing, ambition, distraction, uglification, derision)으로 우습게 이야기한 것이다.

"음, 신비라는 과목이 있었지."

가짜 거북은 네 발로 꼽아가며 과목 수를 세었다.

"고대 신비, 현대 신비, 해양지리 그리고 느리게 말하기를 배웠지. 느리게 말하기 선생님은 연세가 많은 뱀장어였는데, 일주일에 한 번 오셔서 수업을 했지. 느리게 말하기와 기지개 켜기, 웅크리고 죽은 척하기 등을 알려주셨지."*

"어떻게 하는 건데요?"

앨리스가 물었다.

"여기서 보여줄 순 없어. 나는 너무 뻣뻣하거든. 게다가 그리핀은 할 줄 모르고."

가짜 거북의 말에 그리핀이 덧붙였다.

"시간이 없었다고. 그 대신 난 고전을 배웠지. 선생님은 꽃게 노인이었어."

그러자 가짜 거북이 한숨을 내쉬며 말했다.

"난 그분 수업을 듣지 못했는데. 그 선생님은 원래 웃는 법과 슬퍼하는 법을 가르치던 분이었어."**

"맞아, 그랬지."

---

* 역사나 지리, 그림, 스케치, 유화(history, geography, drawing, sketching, painting in oils) 같은 것을 우스운 말(mystery, seaography, drawling, stretching, fainting in coils)로 바꾼 것이다.
** 라틴어와 그리스어(Latin, Greek)를 비슷한 발음(laughing, grief)으로 바꾸어 말한 것이다.

그리핀이 말했다. 그러더니 한숨을 내쉬었다. 둘은 모두 얼굴을 앞발에 파묻은 채였다.

앨리스가 재빨리 화제를 바꾸며 물었다.

"하루에 수업은 몇 시간 들은 거죠?"

"첫날에는 열 시간, 다음날에는 아홉 시간. 날마다 한 시간씩 줄었지."

가짜 거북이 대답했다.

"정말 놀라운 시간표인걸!"

앨리스가 소리쳤다.

"그러니까 수업이라고 부르는 게지. 하루가 지날 때마다 줄어들잖아."*

그리핀이 말했다.

앨리스에게는 새로운 생각이었다. 그래서 곰곰 따져보다가 다시 물었다.

"그렇다면 열한 번째 되는 날에는 수업이 없었겠군요?"

"물론이고말고."

가짜 거북이 말했다.

"그럼 열두 번째 되는 날에는 뭘 했어요?"

앨리스가 정말 궁금한 듯 물었다.

---

* 영어로 '수업(lesson)'과 '줄어들다(lessen)'라는 단어의 발음이 같은 것을 이용한 말놀이다.

그러자 그리핀이 말을 딱 잘라버렸다.

"수업에 대한 이야기는 여기까지! 이제 이 꼬마 아가씨에게 놀이 이야기를 들려주지 그래?"

제10장

바닷가재의 카드리유

가짜 거북이 한숨을 크게 내쉬더니 한쪽 발등으로 눈을 비벼댔다. 앨리스에게 할 말이 있어 보였지만 한동안 훌쩍거린 탓에 목이 메어 말이 나오지 않았다.

"목에 가시가 걸렸나보군."

그러더니 그리핀은 가짜 거북을 흔들고 등을 두들기기 시작했다. 마침내 가짜 거북은 목소리를 되찾았고 뺨 아래로 눈물을 줄줄 흘리며 말을 이어갔다.

"너는 바닷속에서 살아본 적이 없겠지? ("네, 없어요." 하고 앨리스가 대답했다.) 그러면 바닷가재를 만나본 적도 없겠구나? (앨리스는 "먹어본 적은 한 번 있어요."라고 말하려다가 서둘러 바꿔 말했다. "아니요, 전혀요.") 그렇다면 바닷가재 카드리유*가 얼마나 멋진지 모르겠구나!"

"네, 전혀요. 그건 어떤 춤인가요?"

앨리스가 묻자 그리핀이 말했다.

"음, 우선 해변을 따라 한 줄로 서지."

가짜 거북이 끼어들었다.

"두 줄이라고! 물개, 거북, 연어 등이 줄을 지어 서는 거야. 그런 다음 주변에 널려 있는 해파리들은 일단 다 치워버리지."

그리핀이 다시 끼어들었다.

"그러려면 시간이 좀 걸려."

가짜 거북도 질세라 덧붙였다.

"두 발짝 앞으로 나간 다음……."

"바닷가재와 짝을 이루는 거지!"

그리핀이 외쳤다.

"그렇지. 짝을 지어 두 발짝 앞으로……."

가짜 거북이 말했다.

"짝을 바꾸지. 같은 식으로 뒤로 물러나고."

그리핀이 말을 이어갔다.

"그다음엔 던지는 거야……."

가짜 거북이 말했다.

---

* 남녀 네 사람이 서로 마주보며 추는 프랑스의 춤이다.

"바닷가재를 말이지!"

그리핀이 펄쩍 뛰어오르며 소리쳤다.

"최대한 바다 저 멀리!"

가짜 거북이 말했다.

"그러고는 헤엄쳐서 그 뒤를 쫓지!"

그리핀이 소리쳤다.

"물속에서 공중제비를 도는 거야!"

가짜 거북도 흥분하며 말했다.

"그러고는 다시 짝 교체!"

그리핀이 목청껏 외쳤다.

"그런 다음 뭍으로 돌아오지. 여기까지가 첫 번째 동작이야."

가짜 거북이 갑자기 목소리를 낮추며 말했다. 지금껏 떠들고 날뛰던 가짜 거북과 그리핀은 갑자기 풀이 죽은 채로 주저앉더니 앨리스를 빤히 바라보았다.

"정말 아름다운 춤이겠군요!"

앨리스가 쭈뼛대며 말하자 가짜 거북이 물었다.

"조금이라도 보여줄까?"

"네, 정말 보고 싶어요."

앨리스의 말에 가짜 거북이 그리핀을 보며 말했다.

"자, 그럼 첫 번째 동작을 해보자. 바닷가재 없이도 할 수 있잖아. 노래는 누가 할까?"

"네가 해. 난 가사를 까먹었거든."

그리핀이 대답했다.

그러더니 둘은 진지한 표정으로 앨리스 주위를 뱅글뱅글 돌며 춤을 추기 시작했다. 이따금씩 너무 바짝 다가오는 바람에 앨리스는 발등이 밟히기도 했지만, 가짜 거북의 노래에 맞춰 박자를 세어주기도 했다. 가짜 거북의 노래는 느리고 구슬펐다.

대구가 달팽이에게 말했네.
좀 더 빨리 걸을 순 없겠니?
뒤따라오는 돌고래가 내 꼬리를 밟아댄다고.
바닷가재와 거북이는 얼마나 열심히 가는지 봐!
모두들 해변에서 우리를 기다리잖아. 너도 같이 춤출래?
출래, 말래, 출래, 말래, 같이 춤출래?
출래, 말래, 출래, 말래, 같이 춤출래?

얼마나 재미있는지 너는 모를 거야.
저들이 바닷가재와 우리를 바다로 던질 때 말이야.
하지만 달팽이는 눈을 흘기며 대답했네.
너무 멀어, 너무 멀어!
달팽이는 대구에게 정중하게 사과하며
고맙지만 난 안 출래.

안 춰, 못 춰, 안 춰, 못 춰, 춤은 안 출래.
안 춰, 못 춰, 안 춰, 못 춰, 춤은 안 출래.

비늘이 있는 친구가 말했네.
먼 게 뭐가 문제요?
반대쪽에도 해변이 있어.
영국에서 멀어지면 프랑스와 가까워지지.
겁내지 마, 달팽이야. 우리 같이 춤추자.
출래, 말래, 출래, 말래, 같이 춤출래?
출래, 말래, 출래, 말래, 같이 춤출래?

"정말 흥미진진한 춤이군요. 대구에 대해 부른 부분도 재미있었어요."

앨리스는 드디어 춤이 끝나서 천만다행이라고 생각하며 말했다.

"아, 대구! 물론 본 적이 있겠지?"

가짜 거북이 말했다.

"물론이죠. 종종 보곤 했죠. 저녁 식……."

앨리스가 말하다가 급히 입을 다물었다.

"'저녁 식'이 어디 붙어 있는지는 모르겠지만, 종종 보았다면 생김새는 익숙하겠구나."

"네, 입에 꼬리를 물고 있고, 온몸에 빵가루를 뒤집어쓰고 있잖아요.”

앨리스가 곰곰이 생각하며 대답했다.

“빵가루는 아니야. 그런 건 바닷물에 진작 다 씻겨 나갔겠지. 하지만 입에 꼬리를 물고 있는 건 맞아. 그 이유는······.”

가짜 거북이 말을 하다가 하품을 하며 눈을 감았다. 그러고는 그리핀에게 말했다.

“저 아가씨에게 이유랑 나머지 이야기 좀 해줘.”

그리핀이 말을 받았다.

“그 이유는 대구가 바닷가재와 춤을 추었기 때문이야. 바닷속으로 멀리 던져졌잖아. 그래서 꼬리를 재빨리 입안에 넣는 거지. 그런데 꼬리를 다시 빼낼 수가 없었어. 그게 이유야.”

“감사해요. 재미있는 사연이군요. 대구에 대해서는 지금껏 잘 몰랐거든요.”

앨리스가 말했다.

“원한다면 더 들려줄 수 있어. 왜 대구라고 불리는지는 아니?”

“한 번도 생각해본 적이 없어요. 왜죠?”

앨리스가 묻자 그리핀이 진지하게 말했다.

“대구로 장화와 구두를 닦으니까.”

“장화랑 구두를 닦는다고요?”

앨리스가 너무나 어리둥절해하자 그리핀은 의아하다는

말투였다.

"너는 구두를 어떻게 닦아? 무엇으로 광을 내냔 말이야."

앨리스가 자신의 구두를 내려다보며 잠시 고민하다 대답했다.

"당연히 구두약으로 닦지요."

그러자 그리핀이 나지막한 목소리로 읊조렸다.

"바닷속에서는 대구로 장화와 구두를 닦는단다.* 이제 알겠니?"

앨리스가 신기하다는 듯 물었다.

"그럼 장화와 구두는 뭐로 만든 거예요?"

"당연히 가자미랑 뱀장어로 만들지.** 새우도 그 정도는 알겠구나."

그리핀이 귀찮다는 듯 대답했다.

앨리스는 조금 전의 노랫말을 떠올리며 말했다.

"제가 돌고래라면 아마 이렇게 말했을 거예요. '저리 비켜줄래?'라고요. '우린 너랑 놀기 싫거든!' 이렇게요."

"돌고래는 무조건 같이 해야 돼. 바보 물고기가 아니고서야 돌고래 없이 어딜 가겠니."

가짜 거북이 끼어들었다.

---

* 영어로 '대구'와 '흰 구두약'은 'whiting'이라는 같은 단어를 쓰므로 이 또한 말놀이다.

** '신발 밑창'과 '가자미'가 'sole'이라는 같은 단어를 쓰는 것에 대한 말놀이다. '뱀장어 (eels)'는 '구두 굽(heel)'과 발음이 비슷하다.

"정말인가요?"

앨리스가 화들짝 놀라서 물었다.

"그렇고말고! 어떤 물고기가 나한테 다가와서는 여행을 간다고 하면 나는 어느 돌고래와 함께 가냐고 묻는단다."

"'어떤 목적으로?'가 아니고요?"*

앨리스가 끼어들었다.

"아니, 내가 말한 대로야."

가짜 거북이 기분이 상한 듯 쏘아붙였다.

"자, 이제는 네 모험담을 들려주지 그러니?"

그리핀이 앨리스에게 말했다.

"오늘 아침부터 겪은 모험담을 이야기할게요. 어제 이야기는 쓸모없거든요. 그때는 완전 다른 사람이니까."

앨리스가 조심스럽게 말을 꺼냈다.

"전부 다 말해보렴."

가짜 거북이 말했다.

"아니! 아니! 모험담부터 하도록! 설명하면 시간이 끔찍하게 많이 걸리거든."

그리핀이 다급하게 외쳤다.

그래서 앨리스는 흰 토끼를 처음 만난 순간부터 있었던 일들을 이야기하기 시작했다. 처음에는 두 관객이 앨리스

---

*　영어로 '목적(purpose)'과 '돌고래(porpoise)'가 비슷한 발음인 것에 대한 말놀이다.

코앞에까지 다가와 딱 들러붙어서는 눈을 동그랗게 뜬 채 입을 헤벌리고 있었기 때문에 조금 떨렸지만 용기 내서 이야기를 풀어 나갔다. 두 관객은 꼼짝 않고 앨리스의 이야기에 귀를 기울였다. 그런데 앨리스가 애벌레 앞에서 '당신은 늙었어요, 윌리엄 신부님'이 제멋대로 읊어지더라는 부분에 이르자 가짜 거북은 길게 한숨을 내쉬고는 "정말 이상해."라고 말했다.

"맞아. 정말 그렇게 이상한 일도 없을 거야."

그리핀도 거들었다.

가짜 거북이 골똘히 생각에 잠긴 채 말했다.

"제멋대로 읊어진다라! 지금 아가씨가 읊는 걸 한번 들어 보고 싶군. 아가씨에게 한번 해보라고 해."

가짜 거북은 그리핀이 앨리스에게 무엇이든 시킬 수 있는 입장이라도 되는 것처럼 말했다.

"일어나서 '게으름뱅이의 목소리'를 외워봐."

그리핀이 말했다.

'여기 동물들은 왜 툭하면 명령하고 시를 읊으라 마라 하는 거야? 차라리 당장 학교에 가는 게 낫겠네.'

앨리스는 그렇게 생각했지만 자리에서 일어나 시를 외우기 시작했다. 하지만 머릿속에는 온통 바닷가재 카드리유 생각만 맴돌 뿐이었다. 자신이 무슨 말을 하는지도 알 수가 없었다. 그래서 정말 이상한 말들이 튀어나왔다.

이건 바닷가재의 목소리. 그가 말하는 걸 들었네.
"나를 너무 많이 구웠어. 머리에는 설탕을 뿌려야겠어."
오리는 눈꺼풀로, 바닷가재는 코로
허리띠와 단추를 채우고, 발가락을 내밀었네.

모래가 모두 마르면 바닷가재는
새처럼 명랑해지고 상어처럼 건방지게 말할 거야.
하지만 밀물이 밀려들고 상어들이 나타나면
바닷가재의 목소리는 조심스럽게 떨리지.

"그건 내가 어릴 때 외우던 것과는 전혀 다른데."
그리핀이 말했다.
"시가 영 낯설고 앞뒤가 안 맞아."
가짜 거북이 말했다.
앨리스는 아무 말도 하지 않았다. 그저 털썩 주저앉아 얼굴을 양손에 묻고는 과연 모든 게 예전처럼 돌아갈 수 있을까 고민하기 시작했다.
"설명을 해줬으면 좋겠는데."
가짜 거북이 말하자 그리핀이 잽싸게 끼어들었다.
"이 아가씨는 못할걸. 그냥 다음 구절로 넘어가."
하지만 가짜 거북은 끈질기게 물었다.
"발가락 부분은 뭐지? 어떻게 코로 발가락을 내밀 수가 있지?"

"그건 춤을 시작하는 첫 동작이에요."

앨리스는 그렇게 말했지만 모든 게 이해할 수 없는 것투성이어서 빨리 화제를 바꾸고 싶은 마음이 간절했다.

그리핀이 같은 말을 반복했다.

"다음 구절로 넘어가. '나는 그의 정원을 지나쳤지'로 시작하지."

앨리스는 이번에도 엉망진창으로 읊을 게 뻔했지만, 감히 그리핀의 말을 거역할 수는 없어서 떨리는 목소리로 시를 외우기 시작했다.

나는 그의 정원을 지나쳤지.
그리고 한 눈으로 힐끔 보았네.
부엉이와 표범이 파이를 나눠 먹는 것을.
표범은 파이 껍질과 곡물과 고리를 먹고,
부엉이는 제 몫으로 접시를 먹었지.

파이가 모두 사라지자 표범은 부엉이가
숟가락을 가져가는 걸 친절하게 허락했지.
표범은 으르렁거리며 나이프와 포크를 챙겼지.
그리고…….

가짜 거북이 다짜고짜 말을 막았다.

"그렇게 읊어만 대면 무슨 소용인가! 설명을 하지 않으면 의미가 없다고. 지금껏 들어본 것 중에 가장 어리둥절한 구절이 아닐 수 없군!"

"그래. 그 정도로 관두는 게 좋겠어."

그리핀도 동의했다.

앨리스는 그저 기쁠 따름이었다.

"바닷가재 카드리유의 다른 춤 동작을 해보는 건 어떤가? 아니면 가짜 거북더러 다른 노래를 부르라고 할까?"

그리핀이 말을 이었다.

"아, 노래가 좋겠어요. 가짜 거북이 괜찮다면."

앨리스가 너무 반기자 그리핀은 조금 기분이 상한 듯 말했다.

"흥! 취향이 독특하네! 아가씨에게 '거북 수프'를 들려주게나, 오랜 벗이여."

가짜 거북은 한숨을 깊이 내쉬더니 눈물에 목이 멘 듯한 목소리로 노래하기 시작했다.

뜨거운 그릇에서 기다리는
진하고 푸른 근사한 수프!
누군들 이 음식을 마다할 텐가.
저녁의 수프! 맛있는 수프!

저녁의 수프! 맛있는 수프!
마아앗있느은 수우프! 마아앗있느은 수우프!
저어녀억의 수우프! 맛있고, 맛있는 수프!

맛있는 수프!
생선과 고기, 다른 요리 거들떠보는 이 없네.
맛있는 수프를 두 모금만 준다면
가진 걸 다 내놓을 기세!
맛있는 수프를 두 모금만 맛볼 수 있다면!
마아앗있느은 수우프! 마아앗있느은 수우프!
저어녀억의 수우프! 맛있고, 맛있는 수프!

"후렴구 다시!"

그리핀이 외치자 가짜 거북이 그 부분을 다시 불렀다.

바로 그때 "재판을 시작한다!"는 외침이 저 멀리서 들려왔다. 그러자 그리핀이 앨리스의 손을 잡고 소리쳤다.

"따라와!"

그러고는 가짜 거북의 후렴구가 다 끝나기도 전에 마구 달리기 시작했다.

앨리스가 달리느라 숨을 헐떡이며 물었다.

"무슨 재판이에요?"

그러나 그리핀은 "서둘러!"라는 말만 되풀이하며 더 속도를 냈다. 그러는 사이 우울한 곡조의 노래가 바람결에 실려 점점 희미해져 갔다.

저어녀억의 수우프! 맛있고, 맛있는 수프!

제11장

누가 파이를 훔친 거지?

앨리스와 그리핀이 도착했을 때 하트 왕과 여왕은 왕좌에 앉아 있었다. 그 주위로 수많은 군중이 몰려 있었다. 온갖 종류의 새 떼와 동물들이 와글거렸고, 카드 한 묶음도 있었다. 그들 앞에 잭이 서 있었는데, 잭은 사슬에 묶여서 두 병사에게 양팔이 붙들린 채였다. 왕 옆에는 흰 토끼가 있었다. 그는 한 손에는 나팔을, 다른 한 손에는 양피지 두루마리를 들고 있었다. 법정 한가운데에는 탁자가 놓여 있었다. 그 위에는 파이가 담긴 접시가 놓여 있었다. 너무도 먹음직스러워서 앨리스는 그것을 보고 배가 고파졌다.

'재판을 빨리 끝내고 파이나 나눠 주면 좋겠다!'

앨리스는 그렇게 생각했지만 그럴 가능성은 없어 보였다. 그래서 앨리스는 시간을 보낼 겸 주위를 둘러보았다.

앨리스는 법정에 가본 적이 없었다. 하지만 책에서 읽은 적이 있었다. 그래서 그곳에 있는 것들의 이름을 대충 알 것 같아서 아주 기뻤다.

"저 사람이 재판장이군. 큰 가발을 쓰고 있잖아."

앨리스가 중얼거렸다.

재판장은 왕이 맡았는데, 가발 위로 왕관을 얹어서 매우 불편해 보였고, 썩 어울리지도 않았다.

'저쪽은 배심원석일 테지! 그리고 저 열두 생물은……(이들 중에는 네 발 달린 동물도 있고 새들도 있어서 생물이라고 표현하는 수밖에 없었다.) 배심자들일 거야.'

앨리스는 내심 뿌듯해하며 마지막 단어를 두어 번 더 중얼거렸다. 왜냐하면 또래 여자아이들 중에 이 단어의 뜻을 아는 경우는 매우 드물었기 때문이다. 하지만 '배심원'이라고 했다면 나쁘지 않았을 것이다.

열두 배심원들은 저마다 석판 위에 무언가를 적느라 바빠 보였다.

앨리스가 그리핀에게 속삭였다.

"저들은 뭘 하고 있는 거죠? 재판이 시작되기도 전에 무언가를 적을 수는 없잖아요."

"자기 이름을 적는 거야. 재판이 끝나기 전에 자기 이름을 잊어버릴까봐 미리 적어놓는 거지."

그리핀이 귓속말로 말했다.

"멍청하기는!"

앨리스가 한심하다는 듯 큰소리로 말했다.

그때 흰 토끼가 "법정에서는 조용!" 하고 주의를 주자 왕이 떠드는 자를 잡아내려는 듯 안경을 쓰고는 주위를 요리조리 살피는 바람에 앨리스는 얼른 입을 다물었다.

앨리스는 배심원들이 석판에 '멍청하기는!'이라고 적는 모습이 어깨너머로 보이는 듯했다. 개중에는 '멍청'을 쓸 줄 몰라서 옆자리의 도움을 구하는 배심원도 있을 터였다.

'재판이 끝나기도 전에 저 석판이 먼저 망가지겠어!'

앨리스는 생각했다.

이때 배심원 중 하나가 연필로 끽끽 긁는 소리를 냈다. 이를 그냥 지나칠 리 없는 앨리스는 법정을 한 바퀴 돌아 그 배심원 뒤로 살며시 다가가서 잽싸게 그의 연필을 낚아챘다. 어찌나 동작이 빠르던지 가엾고 자그마한 배심원은 (도마뱀 빌이었다.) 무슨 영문인지조차 알지 못했다. 한참 동안 연필을 찾아 헤매다가 결국은 손가락으로 글씨를 쓰려 했다. 하지만 써본들 무슨 소용이람. 석판에 자국이 남지도 않을 텐데.

이윽고 왕이 외쳤다.

"여봐라! 고소장을 읽어라!"

그러자 흰 토끼가 나팔을 세 번 힘껏 분 뒤 양피지 두루마리를 펼치고는 읽어 내려갔다.

어느 무더운 여름날이었지.
하트 여왕께서
파이를 구우셨네.
하트 잭이 그것을 훔쳐
저 멀리 달아났지 뭔가. *

왕이 배심원들에게 말했다.

"평결을 내리시오."

"아직 아닙니다. 그 전에 해야 할 일이 더 있습니다."

토끼가 재빨리 끼어들며 말했다.

"첫 번째 증인을 불러라!"

왕이 말하자 흰 토끼가 나팔을 세 번 불고는 외쳤다.

"첫 번째 증인!"

첫 번째 증인은 모자 장수였다. 한 손에는 찻잔을, 다른 손에는 버터 바른 빵을 쥔 채였다.

"이런 몹쓸 것을 들고 와서 송구하옵니다, 폐하. 명을 받았을 때 저는 차를 미처 다 마시지 못해서 그만……."

"다 마시고 왔어야지! 언제 차를 마시기 시작했는가?"

왕이 묻자 모자 장수는 법정에 함께 온 삼월 토끼를 바라보았다. 삼월 토끼는 겨울잠쥐와 팔짱을 낀 채였다.

---

* 영국 아이들이 잘 아는 노래의 한 구절이다.

"3월 14일이었습니다. 제 생각에는 그러합니다만."

그러자 삼월 토끼가 말했다.

"15일인데."

"16일이야."

겨울잠쥐가 끼어들었다.

"받아 적게나."

왕이 배심원들을 향해 말했다.

그러자 배심원들은 석판에 세 날짜를 모두 적은 뒤 그 수를 더해 실링과 페니로 바꿔 적었다.

왕이 모자 장수에게 명했다.

"모자를 벗거라."

"제 것이 아닙니다."

모자 장수가 대답하자 왕이 배심원을 보며 소리쳤다.

"훔친 게다!"

배심원들은 재빨리 그 사실을 기록했다. 모자 장수가 다시 나섰다.

"제 모자는 아예 없습니다. 저는 모자 장수니까요."

여왕이 안경을 끼고 그를 노려보자 모자 장수는 얼굴이 창백해지면서 잔뜩 겁에 질리고 말았다.

왕이 명령했다.

"증언을 하라. 긴장하지 말고. 그렇지 않으면 이 자리에서 당장 네 목을 베어버릴 테니."

그럼에도 증인은 전혀 용기를 내지 못하고 발을 이리저리 움직이면서 여왕의 눈치를 살폈다. 그러다 너무 당황한 나머지 빵을 한 입 베어 문다는 게 그만 찻잔을 물고 말았다.

바로 이때 앨리스는 묘한 기분이 들었다. 그 이유를 알아차릴 때까지는 한참이 걸렸다. 앨리스의 몸이 다시 커지고 있었다! 앨리스는 처음에는 얼른 일어나 법정을 나가야겠다고 생각했지만, 이내 비집고 앉아 있을 수 있는 한 이곳에서 참아보겠다고 마음먹었다.

"밀지 좀 말아줘! 숨을 제대로 못 쉬겠잖아!"

앨리스 옆에 앉은 겨울잠쥐가 투덜댔다.

앨리스가 어쩔 줄 몰라하며 말했다.

"나도 어쩔 수 없어요. 몸이 다시 커져서 그래요."

"넌 여기서는 커질 권리가 없어."

겨울잠쥐가 말했다.

"말도 안 되는 소리 말아요! 당신도 자라고 있잖아요!"

앨리스가 똑 부러지게 말했다.

그러자 겨울잠쥐가 맞받아쳤다.

"그렇지. 하지만 난 적당한 속도로 자란다고. 너처럼 말도 안 되게 커지지 않는단 말이야."

그러더니 실쭉대며 법정의 반대편으로 가버렸다.

그러는 동안 여왕은 계속 모자 장수를 노려보고 있었다. 겨울잠쥐가 자리를 옮기자 여왕은 관리에게 명령했다.

"지난번 음악회에서 노래를 부른 이들의 명단을 가져오 너라!"

이 말을 들은 모자 장수는 어찌나 벌벌 떨었는지 구두가 벗겨질 정도였다.

"증언을 하라! 그렇지 않으면 네 놈이 겁을 먹었든 아니 든 당장 목을 베어버릴 테니!"

왕이 노여워하며 되풀이했다.

"저는 불쌍한 사람입니다, 폐하."

모자 장수가 떨리는 목소리로 말을 시작했다.

"다과회를 시작한 지 일주일도 안 됐습니다. 그리고 버터 바른 빵은 자꾸 얇아지는데…… 차는 차가워지고…….'

"뭐가 차갑다고?"

왕이 물었다.

"그게 차가 차다고 했습니다."

모자 장수가 대답했다.

"물론 차는 차지. 지금 감히 나를 놀리는 게냐? 계속하거 라!"

왕이 쏘아붙이듯 말했다.

모자 장수가 말을 이어갔다.

"저는 불쌍한 사람입니다, 폐하. 그 후로 모든 게 차가워 졌는데…… 삼월 토끼가 하는 말이…….'

"난 아무 말도 안 했어!"

삼월 토끼가 재빨리 끼어들었다.

"말했잖아!"

모자 장수가 말했다.

"그런 적 없습니다. 그 부분은 지워주십시오."

삼월 토끼가 계속 부인하자 왕이 말했다.

"삼월 토끼가 아니라고 하니 그 부분은 삭제하라."

"그리고 겨울잠쥐가 말하기를……."

모자 장수는 겨울잠쥐도 자기 말을 부인하지는 않을까 염려하며 걱정스레 주위를 둘러보았다. 하지만 겨울잠쥐는 그 무엇도 부인하지 않았다. 그저 곯아떨어졌을 뿐이었다.

모자 장수가 말을 이었다.

"그래서 저는 버터 바른 빵을 조금 더 잘랐습니다."

"하지만 겨울잠쥐는 뭐라 했소?"

배심원 중 한 명이 입을 열었다.

"기억이 나지 않습니다."

모자 장수가 말했다.

"자네는 기필코 기억해야 하네. 목이 날아가지 않으려면 말이지."

왕의 말에 가엾은 모자 장수는 들고 있던 찻잔과 버터 바른 빵을 땅에 떨어뜨리고 말았다. 그러고는 무릎 한쪽을 꿇으며 말했다.

"저는 불쌍한 사람입니다, 폐하."

"자네는 말주변도 형편없구나."

왕이 받아쳤다.

그때 기니피그 한 마리가 박수를 치다가 이내 관리들에게 진압당하고 말았다. (이렇게만 설명하면 감이 잘 오지 않을 테니 좀 더 설명하겠다. 관리들은 커다란 포대의 주둥이 부분을 꽉 묶고는 열린 쪽으로 기니피그를 머리부터 밀어 넣은 다음 그걸 깔고 앉았다!)

'이런 걸 직접 보게 되다니 정말 신나는걸! 이제까지는 '재판이 끝날 무렵 박수를 치려는 시도가 있었으나 이내 관리들에 의해 진압되었다'는 기사를 신문에서 본 것밖에 없으니까. 그게 무슨 뜻인지 잘 몰랐단 말이지.'

앨리스는 생각했다.

"네가 알고 있는 걸 전부 털어놓은 거라면 그만 내려가도 좋다."

왕이 말했다.

"더 이상 내려갈 데가 없습니다. 보시다시피 저는 바닥에 바싹 들러붙어 있지 않습니까."

모자 장수가 말했다.

"그렇다면 그 자리에 앉도록 해라!"

왕이 다시 말했다.

이때 다른 기니피그가 박수를 치다가 역시나 진압을 당했다.

앨리스는 생각했다.

'이런! 저러다가 기니피그는 끝장나고 말겠는걸! 이젠 좀 조용해지겠지.'

모자 장수가 간절한 눈빛으로 여왕을 바라보며 말했다.

"저는 그럼 차를 마저 마시러 가봐도 되겠습니까?"

여왕은 가수들의 명단을 훑고 있었다.

"가도 좋다."

왕이 말했다.

그러자 모자 장수는 구두를 신는 것도 잊은 채 헐레벌떡 법정을 뛰쳐나갔다.

여왕이 한 관리에게 명령했다.

"밖으로 나가서 저놈의 목을 베어버리도록!"

하지만 관리가 문을 나서기도 전에 모자 장수는 이미 줄행랑을 친 뒤였다.

왕이 말했다.

"다음 증인을 들라 하라!"

다음 증인은 공작 부인의 요리사였다. 요리사는 한 손에 후춧통을 들고 있었는데, 법정으로 발을 디디기도 전에 앨리스는 누구인지 바로 알아차렸다. 문 옆에 앉아 있던 사람들이 하나같이 재채기를 해댔기 때문이다.

왕이 말했다.

"증언하라!"

"싫습니다."

요리사가 대답했다.

왕이 인상을 찌푸리며 흰 토끼를 바라보자 토끼가 낮은 목소리로 말했다.

"폐하, 이 증인은 반대 신문을 하셔야 합니다."

그러자 왕이 낙담한 듯 말했다.

"그렇군. 그래야 한다면 그렇게 하지."

그러고는 팔짱을 낀 채로 눈이 보이지 않을 정도로 오만 상을 찌푸리며 요리사를 노려보다가 이윽고 입을 열었다.

"파이는 무엇으로 만들지?"

"대부분 후추로 만들지요."

요리사가 대답했다.

요리사 뒤에서 잠꼬대하는 듯한 목소리가 울려 퍼졌다.

"당밀이라고!"

그러자 여왕이 꽥 소리를 질렀다.

"저 겨울잠쥐를 당장 잡아들여 목을 쳐라! 겨울잠쥐를 법 정 밖으로 끌어내라! 저놈을 진압하라! 꼬집어라! 수염을 뽑아버려라!"

법정에서 겨울잠쥐를 끌어내느라 한동안 소란이 일었다. 겨우 주변이 정돈될 무렵에는 요리사는 더 이상 보이지 않 았다.

왕이 다행이라는 듯 말했다.

"상관없다. 다음 증인을 세우도록!"

그러고는 낮은 목소리로 여왕에게 속삭였다.

"다음 증인은 당신이 반대 신문을 하는 게 어떻겠소. 나는 골치가 아파서 말이지."

앨리스는 명단을 훑는 흰 토끼를 바라보며 다음 증인은 누구일까 생각해보았다.

'아직 증거가 딱히 모이지도 않았으니까.'

그러니 흰 토끼가 목청을 높여 "앨리스!" 하고 불렀을 때 앨리스가 얼마나 놀랐을지 상상해보라.

제12장

앨리스의 증언

"네!"

앨리스는 당황한 나머지 지난 몇 분 동안 자신이 얼마나 커졌는지 깜박 잊고 벌떡 일어났다. 그 바람에 배심원석이 앨리스의 치맛자락에 걸려 뒤집어졌고, 배심원은 모두 방청객 위로 굴러 떨어졌다. 배심원들이 이곳저곳에 자빠져 있는 걸 보니, 앨리스는 일주일 전에 실수로 엎은 어항 속의 금붕어가 떠올랐다.

앨리스는 어쩔 줄 몰라하며 소리쳤다.

"어머, 너무 죄송해요!"

그러고는 한 명씩 재빨리 집어 배심원석에 도로 올려놓았다. 금붕어 사건이 머릿속에 맴돌다 보니 왠지 배심원들을 즉시 제자리에 돌려놓지 않으면 죽을지도 모른다는 막

연한 생각이 들었기 때문이다.

왕이 앨리스를 바라보며 위엄 있게 말했다.

"배심원 전원이 제자리에 착석할 때까지 재판을 진행할 수 없소."

특히 '전원' 부분을 강조했다.

배심원석을 보니, 도마뱀은 머리를 거꾸로 처박고 있었다. 앨리스가 허둥대는 바람에 그렇게 된 모양이었다. 가엾은 도마뱀은 꿈쩍도 할 수 없는지 애꿎은 꼬리만 흔들어대고 있었다. 앨리스는 얼른 도마뱀을 끄집어내 바르게 앉힌 뒤 혼자 중얼거렸다.

"머리를 곤두박든 제대로 세우든 재판만 하면 되는 거잖아."

배심원들은 뒤집힌 충격에서 조금 벗어나자 석판과 연필을 찾아들고는 조금 전에 겪은 사고의 전말에 대해 열심히 기록하기 시작했다. 도마뱀은 예외였다. 사고의 충격에서 헤어 나오지 못했는지 입을 헤벌린 채 법정의 천장만 올려다보고 있었다.

왕이 앨리스에게 물었다.

"이 일에 대해 아는 게 있는가?"

"없어요."

앨리스가 말했다.

"아무것도 없다는 건가?"

왕이 캐물었다.

"아무것도요."

앨리스가 말했다.

"'아무것도'는 아주 중요하다."

왕이 배심원을 향해 말했다. 그러자 배심원들은 석판에 또 받아 적기 시작했다. 이때 흰 토끼가 끼어들었다.

"폐하, '안 중요하다'는 말씀이시지요?"

왕은 황급히 말을 고쳐 말했다.

"물론, 내 말은 '안 중요하다'는 거지."

그러고는 낮은 목소리로 혼자 웅얼거렸다.

"중요하다…… 안 중요하다…… 안 중요하다…… 중요하다……."

마치 어떤 단어가 더 그럴듯하게 들리는지 알아보려는 듯했다. 그런데 배심원 중에 누군가는 '중요하다'라고 적고, 다른 누군가는 '안 중요하다'로 적었다. 석판이 훤히 보였던 앨리스는 혼자 생각했다.

'아무렴 어때!'

바로 그때, 지금껏 공책에 무언가를 바삐 적어 내려가던 왕이 갑자기 외쳤다.

"조용히들 하라!"

그러고는 공책에 적은 것을 읽어 내려갔다.

"규칙 제42조, 키가 1,600미터 이상인 자는 법정을 떠나야 한다."

모두가 앨리스를 쳐다보았다.

"제 키는 1,600미터보다 작아요."

앨리스가 말했다.

"아니, 너는 그러하다."

왕이 말했다.

"거의 3,000미터는 되겠구나."

여왕이 덧붙였다.

"어쨌든 저는 안 나가요! 게다가 그건 원래부터 있던 법도 아니잖아요. 폐하께서 방금 만들어낸 거라고요!"

앨리스가 외쳤다.

"이건 가장 오래된 법전이야!"

왕이 말했다.

"그러면 제1조가 되어야죠!"

앨리스가 따지자 왕의 얼굴이 창백해졌다. 그러고는 황급히 공책을 덮으며 떨리는 목소리로 배심원을 향해 낮게 외쳤다.

"평결을 내리시오."

그때 흰 토끼가 재빨리 뛰어오르며 끼어들었다.

"아직 증거가 더 있습니다, 폐하. 방금 누군가가 이 종이를 주워왔습니다."

"안에 뭐라고 적혀 있지?"

여왕이 묻자 흰 토끼가 말했다.

"아직 열어보지는 않았습니다만 편지인 것 같고, 범인이 누군가에게 보낸 것 같습니다."

"그렇겠군. 누군가에게 쓴 게 아니라면 그게 더 이상하지 않은가."

왕이 말했다.

"그래서 누구한테 보낸 건가요?"

배심원 중 한 명이 물었다.

"받는 대상이 전혀 없습니다. 사실 겉에 아무것도 적혀 있지 않았습니다."

흰 토끼가 대답했다. 그러고는 종이를 펼치며 이어 말했다.

"이건 편지가 아니군요. 이건 한 편의 시입니다."

또 다른 배심원이 물었다.

"범인의 글씨는 아닙니까?"

흰 토끼가 말했다.

"아니오. 그게 여기서 가장 묘한 부분이지요."(배심원은 저마다 의아하다는 표정을 지었다.)

왕이 말했다.

"누군가의 글씨체를 따라 쓴 게 틀림없소."(배심원들의 표정이 다시 환해졌다.)

잭이 입을 열었다.

"폐하, 제가 쓴 게 아닙니다. 제가 그랬다는 증거도 없지 않습니까. 끝에 제 서명이 없지 않습니까!"

"네가 서명을 하지 않은 건 네게 불리할 뿐이다. 뭔가 찝찝한 일을 했으니 서명을 하지 않은 것 아닌가. 떳떳했다면 서명을 했겠지."

왕이 말하자 박수갈채가 쏟아졌다. 왕이 하루 동안 했던 말 중에 그나마 제일 들어줄 만한 것이었기 때문이다.

"딱 걸렸군."

여왕이 끼어들었다.

"그런 건 증거가 되지 않아요. 뭐가 쓰였는지도 모르잖아요!"

앨리스가 발끈해서 외쳤다.

"읽도록 하라."

왕이 명령하자 흰 토끼가 안경을 쓰고는 물었다.

"어디부터 읽을까요, 폐하?"

왕이 엄중하게 말했다.

"처음부터 읽거라. 그리고 내가 멈추라고 할 때까지 계속 읽어 내려가도록!"

그래서 토끼는 다음과 같이 읽어 내려갔다.

저들이 말하길
당신이 그녀에게 간 적 있고,
그리고 그에게 나에 대해 말했다더군요.

그녀는 나를 칭찬했지만
수영은 못한다고 말했지요.

그는 내가 간 적이 없노라는 말을 전했고
(그것이 진실임을 알고 있어요)
만약 그녀가 계속 물고 늘어지면
당신은 어떻게 될까요?

나는 그녀에게 하나를,
저들은 그에게 둘을,
당신은 우리에게 셋 이상을 주었죠.
저들은 그에게서 받은 것을 당신에게 돌려주었어요.
한때는 내 것이었는데 말이죠.

혹시 그녀나 내가
이 문제에 엮인다면
우리가 그러했듯이
그는 당신이 그들을 풀어주리라 믿어요.

내 생각은
(그녀가 이토록 신경질을 내기 전에도)
그와 우리, 그것 사이의 장애물은

당신이라는 거예요.

그녀가 그걸 가장 좋아한다는 것을
그가 알게 해선 안 돼요.
무덤까지 가져갈
당신과 나만의 비밀이어야 해요.

"지금까지 나온 증거 중 가장 중요하다. 그러니 배심원들은⋯⋯."

왕이 두 손을 비비며 말했다.

"누구라도 이 내용을 설명해줄 수 있다면, 제가 그분께 6페니를 드리지요. 전 이 시에 티끌만큼의 의미도 없다고 생각하니까요."

앨리스가 말했다. (불과 몇 분 사이에 몸이 엄청나게 커진 터라 이제는 두려울 게 없는 앨리스였다.)

배심원들은 저마다 석판에 이렇게 썼다.

'앨리스는 시에 티끌만큼의 의미조차 없다고 생각한다.'

하지만 그 누구도 편지의 내용에 대해 설명하겠다는 이는 없었다.

"만약 의미가 담겨 있지 않다면 우린 아무것도 찾을 필요가 없으니 더 수월해지겠군. 그럼에도 짐은 잘 모르겠소."

왕은 종이를 무릎에 펼쳐놓고는 한쪽 눈으로 찬찬히 살

펴보기 시작했다.

"난 의미가 담겨 있을 것 같단 말이지. '수영은 못한다고 말했지' 이 부분 말일세. 잭, 자네는 수영을 못하지 않는가?"

잭이 구슬프게 고개를 가로저었다.

"제가 할 수 있을 것 같습니까?"(물론 당연히 수영을 못할 것처럼 보였다. 종이로 만들어졌으니까!)

"그래, 여기까지는 좋다."

그러더니 왕은 시의 일부를 혼자 중얼대기 시작했다.

"'그것이 진실임을 알고 있어요' 이 부분은 물론 배심원을 의미하겠지. '나는 그녀에게 하나를, 저들은 그에게 둘을' 부분은 파이와 관련된 게 분명해."

"그렇다면 '당신에게 돌려주었어요' 이 부분은요?"

앨리스가 대꾸했다.

"맞아! 저기 있지 않은가!"

왕은 의기양양한 목소리로 탁자 위에 놓인 파이를 가리키며 외쳤다.

"저것보다 더 명백할 순 없지. '그녀가 이토록 신경질을 내기 전에도'를 보게나. 부인! 당신은 신경질을 낸 적이 없잖소?"

왕이 여왕에게 물었다.

"그럼요. 단 한 번도 없어요!"

그러더니 화가 난 듯 잉크병을 도마뱀에게 냅다 집어던

졌다. (가엾은 도마뱀 빌은 손가락으로 아무리 글씨를 써도 자국이 남질 않자 포기하고 있던 참이었다. 하지만 잉크가 얼굴 아래로 쏟아지자 황급히 글씨를 다시 써내려가기 시작했고, 액체가 다 마를 때까지 계속 써볼 셈이었다.)

왕은 법정을 둘러보며 미소를 지었다.

"그렇다면 화낸다는 이 구절도 당신에게 들어맞지 않는군."*

순간 법정은 쥐죽은 듯 조용해졌다.

"그저 전부 말장난일세!"

왕이 격분하여 소리치자 그제야 모두가 웃어댔다.

"배심원들은 평결하라!"

그날에만 스무 차례도 넘게 반복한 말이었다. 그 순간 여왕이 소리쳤다.

"안 돼! 안 돼! 선고가 우선이야. 평결은 그 후라고!"

"말도 안 돼요! 선고가 우선이라니요!"

앨리스가 끼어들었다.

"입 다물지 못해!"

여왕이 낯빛을 붉히며 말했다.

"싫은데요!"

---

* 'fit'라는 단어에는 '들어맞다'는 뜻과 '화'라는 뜻이 있다. 왕은 이 동음이의어로 말놀이를 한 것이다.

앨리스가 따졌다.

"저 계집의 목을 당장 쳐라!"

여왕이 꽥 소리를 질렀다.

그러나 모두가 꼼짝 않고 있었다.

"당신 말에 누가 신경이나 쓰겠어요? 당신은 그저 트럼프 카드일 뿐이라고요!"

앨리스가 말했다. (앨리스는 이제 원래의 키로 되돌아와 있었다.)

그러자 카드들이 모두 공중으로 날아오르더니 앨리스를 향해 돌진하기 시작했다. 앨리스는 무섭기도 하고 화도 조금 났던 터라 작게 비명을 지르며 카드 뭉치들에 맞서 팔을 마구 휘둘렀다. 그런데 다음 순간 앨리스는 자신이 언덕에 누워 있다는 사실을 깨달았다. 앨리스는 언니의 무릎을 베고 누워 잠을 자고 있었던 것이다. 언니는 앨리스의 얼굴 위로 떨어진 나뭇잎을 부드럽게 쓸어내리고 있었다.

"앨리스, 일어나렴. 너 얼마나 오랫동안 잔 줄 아니?"

언니가 말했다.

"정말 신기한 꿈을 꾸었어."

앨리스가 언니에게 말했다.

그러고는 기억나는 걸 전부 언니에게 들려주었다. 여러분이 지금까지 읽은 이상한 모험 이야기 말이다. 앨리스가 이야기를 마치자 언니가 입맞춤을 해주며 말했다.

"정말 신기한 꿈이구나. 하지만 차 마시러 갈 시간이야. 이러다 늦겠는걸!"

그래서 앨리스는 자리를 털고 일어나 달리기 시작했다. 뛰는 내내 정말 멋진 꿈이었다고 생각했다.

* * *

언니는 동생이 떠난 뒤에도 한 손으로 턱을 괸 채 한동안 그 자리에 그대로 앉아 있었다. 저무는 해를 바라보면서 앨리스와 그 아이가 들려준 멋진 꿈속의 모험담을 떠올려보았다. 그러다가 언니 역시 얼핏 꿈을 꾸었는데 그 꿈은 이런 것이었다.

우선 꼬마 앨리스의 꿈이었다. 앨리스는 고사리 손으로 언니의 무릎을 꼭 붙들고는 호기심 어린 눈망울로 언니를 올려다보았다. 동생의 목소리가 귓가에 울리는 것만 같았고, 고개를 갸우뚱거리는 모습도 눈앞에 선했다. 눈 안에 머리카락이 들어가지 못하도록 머리카락을 쓸어 넘기는 모습까지도. 그리고 귀를 기울이니 어린 동생이 꿈에서 봤다던 온갖 이상한 동물들이 주위를 가득 메운 것만 같았다.

흰 토끼가 허둥대는 바람에 긴 풀잎들이 바스락거리고, 화들짝 놀란 생쥐가 근처에 있는 웅덩이에서 발버둥 치며, 삼월 토끼와 그의 친구들이 끝이 보이지 않는 다과를 즐기며 찻잔을 달그락댄다. 그리고 여왕은 불쌍한 손님들을 처형하라고 목청 높여 소리치고, 돼지를 닮은 아기는 접시와 쟁반이 와장창 깨지는 동안 공작 부인의 무릎에서 재채기를 해댄다. 그리핀의 고함 소리, 도마뱀의 석판 연필이 끽끽대는 소리, 진압 당한 기니피그가 켁켁거리는 소리가 허공을 가득 메우더니 저 멀리서 가엾은 가짜 거북의 흐느끼는 소리와 한데 어우러졌다.

언니는 눈을 감은 채 자리에 앉아 자신이 이상한 나라에 와 있는 건 아닌가 긴가민가해졌다. 물론 눈을 뜨면 모든 것이 단조로운 일상으로 돌아가리란 것도 알고 있었다. 풀잎은 그저 바람 따라 나부끼는 것일 뿐이고, 웅덩이 속 잔물결은 제 몸을 가누지 못하는 갈대가 흔들리는 것일 테지. 달그락거리는 찻잔 소리는 양 떼의 방울소리로, 여왕의 고함은 목동의 외침으로, 아기의 재채기와 그리핀의 외침 그리고 수많은 기이한 음성들은 북적이는 농장의 일상적인 소음으로 바뀌고 말 터였다. 저 멀리에서 들려오는 소 떼의 낮은 울음소리는 가짜 거북의 흐느낌을 대신하겠지.

마침내 언니는 꼬마 동생이 세월이 흘러 숙녀가 되었을 때의 모습을 상상해보았다. 세월에 여물어 성숙한 여인이 된 후에도 동생은 어린아이의 순수하고 사랑스러운 마음을 간직하고 있을까. 자신의 아이들을 모아놓고 어쩌면 오래전 꿈속에서 보았던 이상한 나라 이야기나 온갖 신비한

동화를 들려주면서 저들의 눈망울을 반짝이게 하진 않을는지. 그리고 자신의 어린 시절과 행복했던 여름날을 떠올리며 아이들의 티 없는 슬픔을 함께 어루만지고, 그들의 순수한 기쁨에 함께 즐거워하는 앨리스의 모습을 가만히 그려보았다.

어린이에게는 환상을, 성인 독자에게는 심오한 해석의 여지를

역자에게는 『이상한 나라 앨리스』와 관련된 어린 시절의 일화가 있다. 열 살 남짓한 어린 소녀였을 무렵 이 책을 처음 접한 역자는 당시 주인공 앨리스가 버섯을 먹고 키가 커졌다가 작아지는 장면을 무척 인상 깊게 읽었다. 버섯의 마법 같은 힘도 곧이곧대로 믿었다. 당시에는 시금치를 먹으면 힘이 세지는 슈퍼마리오가 인기였던지라 키가 커지는 버섯도 당연히 있을 수 있다고 생각했던 모양이다.

역자는 버섯의 효능이 너무나도 신기했던 나머지 친한 친구 두 명을 꼬셔서 '버섯 먹고 키 크기' 실험을 직접 한 적도 있다. 셋이서 냉장고에 있는 버섯볶음을 한 숟가락씩 먹은 뒤 숫자를 100까지 세고는 돌아가면서 키를 재보는 방식이었다. 아쉽지만 결과는 당연히 모두 실패. 그럼에도 꼬마 소녀 3인방은 버섯의 효능에 대해 한 치의 의심도 하지 않았다. 실패의 원인은 그저 우리의 버섯이 앨리스의 것처럼 '애벌레의 선택을 받은 특별한 버섯'이 아니었기 때문이라고만 생각했다.

세월은 흘렀고 당시의 꼬마 소녀들은 학자, 회사원, 통번역가가 되었다. 오랜만에 다시 읽은 『이상한 나라 앨리스』는 무척이나 새로웠다. 심리학자가 된 친구는 앨리스의 꿈속 여정을 의식의 흐름 기법과 정신분석학적 관점에서 풀어냈고, 대기업에 근무하는 친구는 "목을 베어버리겠다!"고 끊임없이 협박하는 여왕에 주목하며 우리 사회의 갑질 문화를 떠올렸다고 한다. 역자는 'Knot'와 'not' 등 비슷한 영어 발음을 지닌 단어들이 자아내는 언어 유희와 이로 인해 발생하는 좌충우돌 에피소드가 재치 있다고 생각했다. 저마다의 시각과 결로 작품을 훑는 걸 보니, 꼬마 소녀 3인방도 이제는 조금 컸나 보다.

여기서 짚고 넘어가야 할 한 가지가 있다. 어른이 되어 다시 읽어도 『이상한 나라의 앨리스』는 유치하게 느껴지지 않는다는 것. 이 책만의 매력 포인트가 아닐 수 없다. 저마다의 관심사와 관점, 삶의 여정 등에 덧대어 이 책은 어린이에게는 환상을, 성인 독자에게는 심오한 해석의 여지를 남

긴다. 이로 인해 한 어린이가 마법을 꿈꿀 때, 다른 누군가는 체셔 고양이의 모습에서 양자역학을 떠올리거나 작가의 집필 시기에 견주어 이 책이 '해가 지지 않는 나라, 영국의 전성기'를 배경으로 삼았을 것이라 생각할지도 모르는 것이다.

  나이를 먹은 건 비단 역자를 비롯한 성인 독자뿐만이 아니다. 1865년에 탄생한 동화책이니, 당시에 꿈인 듯 생시인 듯 조끼 입은 토끼를 따라 굴속으로 뛰어들던 우리의 주인공 앨리스도 제아무리 굴속 시간이 더디 흐른들, 지금쯤은 숙녀가 되었거나, 한때의 저 자신을 닮은 딸을 낳은 엄마 혹은 그런 손녀를 둔 할머니가 되어 있을 터. 앨리스는 제 언니의 소망대로 동심을 간직한 채 멋진 어른으로 성장해 나갔을 것이다.

  그렇다면 앨리스의 언니는 왜 그토록 동심을 염원했을까? 어린 시절의 풋풋함과 순수함이, 바로 성장의 근원이자 성숙의 자양분임을 우리에게 일깨워주고자 함은 아니었을까? 저마다 다른 모습으로 자라나 다른 꽃을 피우고 열매를 맺게 된다고 하더라도 그 기저에는 어린 씨앗과 새싹이 마음껏 뿌리내리도록 한없이 품어주고 길러준 토양이 있었음을 다시금 알려주고자 했는지도 모른다.

자, 이제부터 다시 꿈꿀 시간이다. 앨리스와의 꿈속 여행에 온 것을 환영한다. 여러분 앞에는 수많은 '이야기 땅굴'이 있다. 어디로 풍덩 뛰어들지는 여러분의 선택이다. 무궁무진한 해석은 독자의 몫이므로.

1832   1월 27일 영국의 체셔 지방 테어스베리에서 성직
        자인 찰스 도지슨과 프랜시스 제인 루트위지의 열
        한 자녀 중 셋째로 태어나다. 본명은 찰스 루트위
        지 도지슨(Charles Lutwidge Dodgson)이다.

1843   아버지 찰스 도지슨이 요크셔 지방에 있는 크로포
        트의 주임 사제로 임명 받아 이사하다.

1850   옥스퍼드 크라이스트 처치 칼리지에 입학하다.

1851   어머니가 사망하다.

1854   수학과 졸업 시험에서 1등을 하고, 12월에 문학 학
        사학위를 받다.

1855   옥스퍼드 수학과 교수로 강의를 시작하다. 헨리 조
        지 리델이 새 학장으로 부임하다.

1856 『열차(The Train)』지에 필명인 루이스 캐럴로 처음으로 서명하다. 4월 25일, 리델 학장의 네 살 된 딸 앨리스를 처음으로 만나다.

1861 옥스퍼드 대학 주교로부터 부제 서품을 받다.

1862 7월 4일, 리델 가의 세 꼬마 숙녀, 동료 교수인 로빈슨 더크워스와 함께 템즈 강으로 뱃놀이를 가다. 이날 처음으로 앨리스의 이야기를 지어내 들려주다.

1864 11월 26일, 스스로 삽화를 그리고 손수 제작한 『앨리스의 땅 속 모험(Alice's Adventures Under Ground)』을 앨리스 리델에게 선물하다.

1865 존 테니얼이 그린 삽화가 포함된 『이상한 나라의 앨리스(Alice's Adventures in Wonderland)』가 출간되다.

1868 아버지 도지슨 부주교가 갑자기 사망하다.

1871 『거울 나라의 앨리스(Through the Looking-Glass and What Alice Found There)』초고를 마치다. 크리스마스 때 출간되어 다음 해 1월 27일에는 이미 1만 5천 부가 팔려나가다.

1876 『스나크 사냥(The Hunting of the Snark)』을 출간하다.

1877 이스트본의 바닷가에서 첫 여름 휴가를 보내다. 이때부터 거의 20년 동안 해마다 이스트본에서 여름

을 보내다.

1879   수학자로서 기하학에 흥미를 가진 캐럴은 도지슨
의 이름으로『유클리드와 그 경쟁자(Euclid and
His Modern Rivals)』를 발표하다.

1881   옥스퍼드 크라이스트 처치에서 마지막 수업을 하
고 수학과 교수직을 사임하다.

1885   『뒤죽박죽 이야기』를 출간하다.

1886   연극〈이상한 나라의 앨리스〉가 런던 프린스 오브
웨일스 극장에서 초연되다.

1889   『실비와 브루노(Sylvie and Bruno)』가 출간되다.

1893   『실비와 브루노』완결편이 출간되다.

1896   많은 사람들에게 생각하는 법을 가르쳐주려는 열
망으로『상징 논리(Symbolic Logic)』를 출간하다.

1898   『상징 논리』의 후편을 집필하던 중 기관지염에 걸
려 세상을 떠나다.

옮긴이 **김지혜**

한국외국어대학교 통번역대학원 한영 통역을 전공하였으며, 어린 시절 영국과 대만 등에서 다년간 거주하였다. 현재 번역에이전시 엔터스코리아에서 전문 번역가로 활동 중이다. 주요 역서로는 『디즈니의 악당들 3 : 버림받은 마녀』, 『디즈니의 악당들 5 : 가짜 엄마』, 『빨간 머리 앤』, 『더미를 위한 와인』, 『이디스 워튼 단편선 : 기도하는 백작 부인&밤의 승리(출간 예정)』가 있다.

이상한 나라의 앨리스

초판 1쇄 인쇄 2019년 12월 5일
초판 1쇄 발행 2019년 12월 15일

지은이   루이스 캐럴
옮긴이   김지혜
발행인   조상현
마케팅   조정빈
편집인   정지현
디자인   Design IF

펴낸곳   더디
등록번호 제2018-000177호
주소   경기도 고양시 덕양구 큰골길 33-170(더디퍼런스)
문의   02-712-7927
팩스   02-6974-1237
이메일   thedibooks@naver.com
홈페이지 www.thedifference.co.kr

ISBN   979-11-6125-232-2 04800
        979-11-6125-063-2 (세트)

더디는 더디퍼런스의 인문 지식 브랜드입니다.
독자 여러분의 소중한 원고를 기다리고 있으니 많은 투고 바랍니다.
파본이나 잘못 만들어진 책은 구입하신 서점에서 바꾸어 드립니다.
책값은 뒤표지에 있습니다.

더디 | 더디퍼런스 | B